国家古籍整理出版专项经费资助项目

明清小品丛书

A Series
of
Essays
in
Ming and Qing
Dynasties

张大复小品

〔明〕张大复——著
王小岩——注评

中州古籍出版社
·郑州·

图书在版编目(CIP)数据

张大复小品 /(明)张大复著;王小岩注评 .—郑州:中州古籍出版社,2023.12
(明清小品丛书)
ISBN 978-7-5738-1073-1

Ⅰ.①张… Ⅱ.①张…②王… Ⅲ.①小品文-作品集-中国-明代 Ⅳ.①I264.8

中国国家版本馆CIP数据核字(2023)第228462号

ZHANG DAFU XIAOPIN
张大复小品

出 版 人	许绍山
选题策划	梁瑞霞 吕 玲
责任编辑	吕 玲
责任校对	张 颖
美术编辑	曾晶晶
封面设计	黄桂敏

出 版 社	中州古籍出版社(地址:郑州市郑东新区祥盛街27号6层 邮编:450016 电话:0371-65788693)
发行单位	河南省新华书店发行集团有限公司
承印单位	河南瑞之光印刷股份有限公司
开 本	787 mm×1092 mm 1/32
印 张	11.875
字 数	260千字
版 次	2023年12月第1版
印 次	2023年12月第1次印刷
定 价	61.00元

本书如有印装质量问题,请联系出版社调换。

前　言

晚明是一个小品文的时代，涌现出很多优秀的作家及作品。这些作家的作品各具特点，但若综合其共性，可以用"匠心"二字涵盖。作家们别出心裁，各自擅场，精心雕琢文字，写出短小精悍、文思妙绝之作。然而，在这匠心独具的小品文狂澜之中，也有一些作家，尝试撤去"匠心"，只让文字自然流出，若清泉，若清风，若清音，汩汩而来，徐徐而去，绕梁不绝。张大复便是其中的代表。

张大复（1554～1630），字元长，昆山（今属江苏）人。他的祖父张诰，父亲张维翰，均为儒生，他亦从事举子业。蒋镫《张元长先生传》记张大复"三岁能画腹作字，十二岁为文章即有异解"，"然试有司，辄弗售"。在科举上的挫折，并没有促使他改弦更张向时文讨巧，反而"攻苦弥勤，性灵益刻露，于是为文章愈奇"。钱谦益《张元长墓志铭》评价这一时期的张大复："文益奇，名益噪，家亦益落。"张大复四十岁，"哭父丧明，乃谢去诸生"，不再从事科举业，从此"益肆力于文辞，若壅江河而决之，沛然莫之能御也"。

张大复家道中落，原因大概有二：一是眼睛失明后，为治眼疾耗尽了家资，其中自然也包括被术士欺骗，他后来也意识到了这点，所谓"不免为铁鞋道人所绐，床头金殆尽"（《病眼》）；二是招待宾客娱乐。张大复自述："某以癸巳四十方病目，甚闷，家人故洗涎召客以相娱悦。"（《乙卯初度》）蒋镆说："余间过先生，坐上，尝满骚人侠客，明装跕履，杂以粉黛，丝肉兢奏，录事浮白，觞行如飞，乌啼月落，流连未已。"钱谦益说："所居梅花草堂，古树横斜，席门蔽亏。轩车至止，户屦相错，君从容献酬，谈谐间作，眸子朦朦然，光芒犹映射四坐。久之，蔬炙杂进，丝肉兢奋，参横月落，笑语如沸。家人问：'晨炊有米乎？'曰：'未也。'相视一笑而已。"

张大复的交游颇广，当时知名的文士如汤显

祖、袁中道、钱谦益、陈继儒等人都与他有很深厚的交往。除此之外，更值得一提的是，张大复与当时很多不拘礼法的狂放之士的交往，如他为其作传的梁雪士、石廪山人等，这些人自负才华，但游戏人间；张大复也与很多昆曲艺人交往密切，如王怡庵、柳生、叶翠竹等；张大复还深情地记下了与他交往的歌妓，如沈亲、金小二等。张大复的文章之所以好读好看，正是因为他活动在社会的各个层面，把他的所遇所感如实地写了下来。

张大复壮年曾游京城，登吕梁，过齐鲁，"览官阙之盛"。当然，他的大部分时间则是坐馆教书谋生，如在常熟、扬州、镇江等地教书，即便如此，仍不能摆脱贫穷，乃至在他女儿病死之时，他只能典卖衣服赁船前往。他与弟弟张大年（字世长）感情甚好，张大年擅长绘画，主持一大家人的生计，可惜张大年五十三岁去世，张大复为之伤心不已。张大复娶顾氏，生女三人，过继张大年之子张桐为子。张大复病目后，文章多为张桐持笔写成，可惜张桐也早于张大复过世，于天启五年（1625）"自为志文而卒"。

张大复所居之处较为知名的有"梅花草堂"

"息庵""风木轩""闻雁斋"。据《昆新两县续修合志》载,梅花草堂在片玉坊,梅花草堂内有息庵。此外,张大年为张大复买下祖茔的邻地,建风木轩,而闻雁斋当为张维翰所建,为张大复所继承。张大复晚号"病居士""息庵老人",卒于崇祯三年(1630)七月廿九日,年七十七。钱谦益《张元长真赞》评价他:"斯人也,韩子所谓盲于目而不盲于心。以天眼观之,其殆无目而视,证入圆通之室者与!"

正因为清贫与病苦,围绕张大复日常生活的多是一些寻常之物,如梅花、茶、泉、月等,但这些寻常之物在其笔下却显得尤为清美而独特。张大复不擅长饮酒,因此他与朋友雅集宴饮之时便只能小酌与清谈。月也是他所喜爱的,望月,喜欢在月光之下闲步,是他所钟爱的适兴之法。他还喜欢庄子、白居易、苏轼与归有光,而当时在文士间影响力很大的李贽、达观以及汤显祖、袁宏道等,也都对他产生了重要的影响,主要表现在他的文学思想上和创作上。

就文学思想而言,张大复对"前后七子"的剽袭文风颇为不屑,其赞成汤显祖、袁宏道等人的文学主张,推崇真性情、真文字。张大复认为:

"文者,本于天地之灵气,结于人心之妙想而成。"(《清娱编叙》)又说:"诗起于情,汤先生言情不知所起。夫使当吾不知所起之初忽焉成诗,令人读之若不能不为者,此天下之至情而古人所以必传也。"(《归庵社草序》)虽然他自谦所作诗文是"剩语",所谓"剩之敝箧,剩之蠹腹,则已矣"。(《剩语序》)但他的朋友则认为他的文字:"只此自真性所流,便是世间真文字。"(《日纪》)

在创作方面,张大复花了很多年搜集材料,撰写《昆山人物传》《昆山名宦传》,这两种昆山地方史籍为我们了解明代昆山的历史留下了丰富的资料。他早期结集的笔记现存《闻雁斋笔谈》一种,其中很多篇目后来经过修订收入到《梅花草堂笔谈》之中。我们现在谈论的张大复小品文主要以《梅花草堂笔谈》所收文字为主。《梅花草堂笔谈》共十四卷,内容主要包括两个方面:一是张大复摘录的内容,属于读书笔记性质;二是记录自己的生活,以片言只语,写出了他的一个又一个生活片段、场景。他的小品文佳作,大都属于后一种。除了《梅花草堂笔谈》,他还有《梅花草堂集》十六卷,其中文集十四卷、诗集二卷。本书收录的小品文,主要选自《梅花草堂笔谈》和《梅花草堂集》,也有少量篇目来自《闻雁斋笔谈》。

对张大复小品文的评价,著名文学家汤显祖称赞:"出入元长指吻间,而天地古今人理物情之变几尽。大小隐显,开塞断续,径廷而行,离致独绝,咸以成乎自然。"(《张元长嘘云轩文字序》)而与张大复同为明代小品文大家的陈继儒说:"其流便尔雅似子瞻,而物情名理,往往与甘言冷语相错而出,刘义庆、段成式所不恒见也。"(《〈梅花草堂笔谈〉序》)张大复的内侄顾锡畴评价他的文章:"真有绘水必绘声,绘月必绘光之意。"(《〈梅花草堂集〉序》)今人吴承学先生论及张大复小品文的特点:"张大复的小品多是偶记所闻所见,但日常的生活、寻常的景色,一到张大复笔下,便有诗情、有画意,滋味无穷,充分地表现出张大复对于生活与自然的敏锐而独特的艺术感受力。"(《论张大复的散文小品》)这些概括是非常精准的,揭示出了张大复小品文的特点及魅力。

在编选这本《张大复小品》的过程中,我曾想到这样一个问题,若是把张大复放在当代,他会在哪个网络平台上写作？是在微博？还是朋友圈？——我想，豆瓣或许最适合他。他有自己的小圈子，但在发表的时间线上，他基本是自顾自地说着话，在自己的天地里诗情画意，任自己的思绪随着文字流淌而出。放在我们的时代，他应该是文艺的、小清新的。他有自己的品味与格调，在晚明众声喧哗式的各类文学创作中，他坚持写"断章"式的小品文。他不像袁宏道用标榜独抒性灵的文章来引领文坛，也不像竟陵派为了追求别具一格的美学效果而选择幽峭之境，他笔下的美是呈现式的，自然而然的，不事雕琢，自在赏心。他的文章里没有大山大川，没有奇峰峭壁，有的只是素描的水乡，明净的月色，素淡的梅香，雅集的清言，其文章与心境已合二为一，平淡真实，宁静悠远。就像张大复喜欢的洞山茶、惠山泉，他的散文便是他烹煮而出的洞山、惠泉，余香至今，清冽依旧。

  本书编选过程中，得到了我的硕士生赵雅茹、商杨雨彤、于学敏、王穗等人的协助，在此深表谢意。这本书也是我在加拿大维多利亚大学访学期间的一个纪念，因此我也想借此感谢林宗正教授的邀请。一个人在异国他乡的独处时光，使我能更深切地领会张大复的文字，仿佛穿越时空与张大复作无声的交流，希望本书也能为读者带去这种微妙的体验。

王小岩

目 录

卷一　清心

泗上戏书　/3

自在赏心　/8

梅花下　/10

午睡　/12

独坐　/15

早计　/17

闻蟋蟀　/19

花木事　/21

三秋　/23

居息奄　/25

言志　/27

灯前自语　/29

夜泊论交　/32

论文　／35

日纪　／37

三境　／39

悟言十八则　／41

卷二　清供

书　／47

画　／49

风筝　／51

张灯　／53

卖花　／56

度曲　／58

声歌　／60

石岩花　／62

别水仙花说　／65

种兰　／69

兰蕙　／71

牡丹　／73

藤花　／74

月季花　／76

腊梅　／78

北亭梅花　／80

千叶绿梅　　/82

老梅　/84

古柏　/86

秋叶　/89

试茶引　/92

茶说　/96

试茶　/98

紫笋茶　/101

饮泉水　/103

试酒　/105

猫　/107

萤　/109

荔支　/112

葡萄　/115

食橘　/118

西瓜　/120

食笋　/122

鲥鱼　/124

董解元《西厢》　/126

卷三　清景

济上看月记　/131

月能移世界　　/134

江上小香山梅花堂记　　/137

鲜鲜阁记　　/142

旃檀室记　　/147

蕉雨轩记　　/151

问龙阁记　　/154

雪窗语　　/157

雨势　　/161

渡巴城湖　　/163

登土山　　/165

登鹿城　　/167

登惠山　　/169

过海虞　　/172

去江城　　/174

缺陷　　/175

今夕　　/177

坐小阁　　/178

春寒　　/180

中秋　　/182

梦飞翠楼记　　/184

游梦　　/186

梦　　/188

梦记（一） /190

梦记（二） /193

卷四 清流

病居士自传 /199

吾老 /202

女仲 /205

弟世长 /208

董家沟老人 /212

梁伯龙 /216

杨长倩 /219

孙道人 /221

俞娘 /224

张氏 /228

醉生 /231

睹忆 /234

明媛 /238

优伶 /241

金小二 /243

叶翠竹 /246

柳生 /248

记夏龙衢梦 /250

梦张伯起　／253

梦王季和　／256

蓬蒿人传　／258

石廪山人传　／262

文饮记　／267

浪斋记　／273

梁园传　／277

沈亲传　／281

卷五　清言

与张宾王书　／291

与临川汤先生书　／294

答赵长白书　／297

与陈眉公书　／299

与王孺和书　／302

答朱白民书　／303

与杨长倩书　／305

与曹葛里先生书　／308

答朱方黯书　／310

《甲寅日纪》题辞　／315

台行记题辞　／317

笑道人自序题词　／322

荆溪吴圣邻近草题词　　/324

张卿玉《媛姝杂帖》题词　　/327

客虞小草序　　/330

剩语序　　/334

《奈何篇》小序　　/337

邵茂齐《水云诗》序　　/340

归庵社草序　　/343

周子居诗稿序　　/346

梅花草堂书壁　　/350

清娱编叙　　/352

柬薛君淑　　/355

柬许元倩　　/357

《诗颂》跋后　　/359

题《耳受录》　　/363

卷一 清心

春花秋月,
但宜自在赏心,
不须共少年生活。

泗上戏书

一卷书，一麈尾①，一壶茶，一盆果，一重裘，一单绮，一奚奴，一骏马，一溪云，一潭水，一庭花，一林雪，一曲房，一竹榻，一枕梦，一爱妾，一片石，一轮月，逍遥三十年。然后一芒鞋，一斗笠，一竹杖，一破衲，到处名山，随缘福地，也不枉了眼耳鼻舌身意随我一场也。絁朱衣紫，后拥前呵，粉黛迎欢，儿孙鹄立，我则乐之。自分无福，腰缠万里，逐浪随风，卧算子母②，归问田舍，我无其资，亦无此志。

书字抵此，舟过南阳，将之丰沛，漕舡塞河，炎气蒸骨，欲借刘季故乡之大风吹我烦热③，复恐文叔滹沱之坚冰无端复合④也。投笔狂舞，喷饭满案，而金子怪予之说不及博山炉⑤，何居？予笑曰："人有好事者，其邻之富者，衣绯衣，其人亦勉而绯衣。明日富者更衣以出，始恨其家之不能酬矣。子以子之炉，而吾以吾之乐，子毋为绯衣以乱我。吴会之散人佛士，家置一炉，客至，必爇香煮茗贮之。时大彬壶⑥以手拭而进之,谓之近人矣,而不知其习非性也。今予之所欲甚奢,归视斋中,曾无一焉,即使终无一焉,而吾宁不乐也。"金子笑曰:"即使吾无一焉,而炉不可已也。"

故曰:独造成家,雷同市厌,今夫茶与香,天下可爱之品也,天下人爱之,谓之大同。苏州人爱之,谓之习气。知天下之爱而爱之,在天下亦谓之习气。出于中心之好而爱之,在苏州一人亦谓之大同。故曰:人情不相远也,天下不一人也。情则自同,人则自异。子为香之癖,而吾为不好香之祖,岂相易哉?虽然,不好香,所以有香之乐;癖,则无香而忧矣。吾不以祖位易子之忧,亦明矣。

故曰:依傍古人古事成俗见,从己出偏见,亦经陶渊明好琴而琴无弦,世人有为无弦琴效之者。苏子瞻好书与画,为人取去,更不复惜,世人莫能效也。然此不足怪世人也。省一弦而有陶公之好,故争为之;即无子瞻之名,而必求吾之书与画,尤得自诡曰:"好书与画也甚矣。"世人之逐利而不爱其情也,不爱其情者谓之益生,夫唯不益生则乐矣。陶之琴无弦,而吾琴何必不弦也?苏之书画可为人取去,而吾何必不为人取去也。吾之兴可以如陶如苏,而何必如陶如苏之为我也?金子将有答,而岸上邮卒有以赌亡其马者,哭声震野。张子笑曰："又多乎哉？夫好赌则赌而已矣。"金子亦大笑。会大风从西北来，河流有声，舟之胶者，尽解。是夕，焚香煮茗，啜之忘倦。

【注释】

①麈（zhǔ）尾：古人闲谈时执以驱虫、掸尘的一种工具。在细长的木条两边及上端插设兽毛，或直接让兽毛垂露外面，类似马尾松。因古代传说麈迁徙时，以前麈之尾为方向标志，故称。后古人清谈时必执麈尾，相沿成习，为名流雅器，不谈时，亦常执在手。麈，古书上指鹿一类的动物，其尾可做拂尘。

②子母：古称钱币轻而币值低者为子，重而币值高者为母。

③刘季故乡之大风吹我烦热：典出刘邦《大风歌》。刘季，即刘邦，字季。年轻时为泗上亭长，其称帝后曾回故乡，击筑自歌："大风起兮云飞扬，威加海内兮归故乡，安得猛士兮守四方！"

④文叔：典出刘秀渡滹沱河。文叔，即东汉光武帝刘秀，字文叔。更始二年（24），刘秀军不敌王莽，逃至滹沱河，没有船，却赶上河面结冰，因此过河。

⑤博山炉：香炉。因炉盖上的造型似传闻中的海中名山博山而得名。

⑥时大彬壶：明宜兴（今属江苏）人时大彬所创制的紫

砂壶。壶小，以柄上拇指痕为识。

【赏读】

　　此文开篇连用数个"一"字，不难让人联想到苏轼的那首《行香子·述怀》："且陶陶、乐尽天真。几时归去，作个闲人。对一张琴，一壶酒，一溪云。"然张大复能够如此"逍遥三十年"，倒是强过东坡"黄州惠州儋州"的平生功业。而后"一芒鞋，一斗笠，一竹杖，一破衲"又自然惹人想到东坡的"竹杖芒鞋轻胜马"，张大复虽不同于东坡经历乌台诗案的九死一生，但其晚年多病，且又失明，难免心中亦有"一蓑烟雨任平生"之叹。

　　只是张大复虽有东坡之慨叹，却无东坡之盛名。彼时文坛才人辈出，既有"令《西厢》减价"（沈德符《顾曲杂言》）的汤显祖，也有八面玲珑的陈继儒，相比之下，在昆山兴贤里片玉坊的旧宅里整日枯坐的张大复，生时便默默无闻，死后亦愈发萧条。张大复认为"独造成家，雷同市厌"，故所写文章不同于以李梦阳、王世贞等人为代表的"前后七子"的以古为尊，不同于耿定向、焦竑的儒学正宗，不同于公安三袁的性灵狂放，不同于以锺惺、谭元春等人为代表的竟陵派的复古冷涩，不同于李贽的童心率性，也不同于屠隆的率意自适。张大复以本色自然之笔墨写潇洒飘逸之文章，练就了一番浓而不酽、淡而不白的本领，诸事落在笔端举重若轻。如此不以天下之爱为爱、独以中心之好而作，终得其一人之大同。故虽欲以东坡为比，元长恐亦不屑。

恰如文中所言，"子为香之癖，而吾为不好香之祖"，香为天下可爱之品，尚有不好者，又何况文章？二十世纪三十年代，明清小品文重回文人视野，在小品文写作、批评方面颇有建树的周作人对张大复有此评价："本亦无妨一读，但总不可以当饭吃，大抵只是瓜子耳，今乃欲以瓜子为饭，而且许多又不知是何瓜之子，其吃坏肚皮宜矣。"（《风雨谈·梅花草堂笔谈》）这样的评论自是刻薄。终元长一生，未有国仇家恨，仅有多病之扰，如此便被视为有"山人之气"，岂不有失偏颇？此正为作者之谓"依傍古人古事成俗见，从己出偏见"。这样来看，张大复对后世评价，倒也不会太过在意。

最妙处是文章结尾："焚香煮茗，啜之忘倦"——其所争所论所喜所恶，到底都是身外之事，不若燃一炉香，饮一盅茶，其余诸事，便随它去罢。

自在赏心

昆山一卷石,不至其巅者,三年矣。今日与僧孺辈饭讫,鼓势而往,怯风而归。循城坐者再,倚堞①者再。晚归过限,左右胁隐隐作楚。逾时喘息,请佩世长②临逝之语:"兄且老,春花秋月,但宜自在赏心,不须共少年生活。"

【注释】

①堞:城上如齿状的矮墙。
②世长:即张大年,张大复之弟,字世长。

【赏读】

少年生活,或指冶游,张大复曾自述:"予阅妓多矣,岂必都无一长?然未有往来……宋辅卿极称王幼昭之侠,而不能举其事。因念沈生益甚,然王生言诸少年冶游不遗余力,然绝无解游者。予闻之鞭然。"也或指一种心境:"少年悲愤,总属多情。老去多情,转生凄感。

譬之落红春沼,增其点缀;绕砌寒花,助其吁郁。又如载生之魄,吾见其新;下弦之光,倍为惨悴。非独人心为之,境也故尔。"(《境地》)

梅花下

尽日梅花下,白民写竹不下数十纸,某据石颓堕而已。世间适兴事一有程限,尽可作懒,不免沾滞①。语云"日长似岁闲方觉,事大如天醉亦休"②,岂易哉?方欠伸岸侧,而背后有相呼者。促视之,则姚孟长偕王鸣皋从郡城迂道而至。挑灯纵谈,不觉午夜。

【注释】

①沾滞:拘执而不通达,挂碍。
②"日长"二句:典出陆游《秋思》诗:"利欲驱人万火牛,江湖浪迹一沙鸥。日长似岁闲方觉,事大如山醉亦休。衣杵相望深巷月,井桐摇落故园秋。欲舒老眼无高处,安得元龙百尺楼。"

【赏读】

这篇题作《梅花下》,却与赏梅无关。当代学者吴承学教授曾论张大复小品文,说到张大复小品的题目,认为颇似古诗文拟题之法。古诗文原有一种无题之作，但用文中第一句的几个字作题目，像《诗经》里的《蒹葭》《关雎》都属于这样的拟题之法。这一篇的题目来自首句"尽日梅花下"，看题目以为与赏梅相关，却是在梅花下看友人朱白民画竹。

适兴事，即是遣兴事。适兴应该自由自在，兴起而往，兴尽而归，做什么更不能太拘束，否则就不是消遣了，而是劳累、拖累。程限，即指固定的形式。张大复说，世间的适兴事一旦有了固定的形式，比如画画、听琴、赏梅，诸如此类，人就会懒，懒了就不愿意做，不愿意则不免黏滞，心有挂碍。心有挂碍，便无兴致发挥，也激发不出来灵感，遂致画画不能进益，听琴不能神往，赏梅不能闻香。或许是张大复看朱白民数十纸竹子都无真趣，或许是自己过于"颓堕"而不得其趣，故而发出"日长似岁闲方觉，事大如天醉亦休"的感叹，言适兴事岂容易做到？没有人不被现实羁绊，而试图从羁绊中解脱出来，要一发闲情，这闲情竟也成了一种羁绊，着实很难做到。

午睡

睡魔恼人,最是当午不可止。稍置,思便结为境。时混时清,悲喜违顺,其状多端。今日馆人告餐,强承之,放箸而鼾矣。夜就寝,鼾声颇怪耳。惊辄省,省不复睡。卧听衙鼓咚咚,彻明湛然。梳栉①后,昏昏如也。或云气浊多睡,或云血衰少睡。云何当午血不衰,暮夜气乃得不浊耶?神懒境浅,今而后故不知所止矣。壬子②四月,嘘云轩中记。

【注释】

①梳栉(zhì):梳理头发。

②壬子:明万历四十年(1612)。

【赏读】

宋代,午睡也是诗歌创作的题材之一。比如,陆游就写过很多关于午睡的诗,《午睡》其一:

槐楸阴里绿窗开,天与先生作睡媒。

流汗未干衣上雨，大声已发鼻端雷。

枕镌松石分琴荐，簟织风漪取笛材。

却起岸巾看汲井，人间车马正氛埃。

炎炎盛夏，诗人睡得汗流浃背，鼾声大作，可以说是把午睡之趣态，写得栩栩如生了。如果说陆游写得很原生态，那么杨万里则将午睡诗意化了，《午睡起》：

过雨余秋暑，移床拣午凉。

小风吹醉面，凛气忽如霜。

日脚何曾动，桐阴有底忙。

倦来聊作睡，睡起更苍茫。

夏末秋初，天气依旧炎热，所谓秋老虎者即是。当此时挑拣个凉快的地方小睡，小风吹来，顿感凉爽无比，遂沉沉睡去。江南炎热，夏日无法消磨睡意，很多人选择放舟溪湖之上，借水的凉气入睡。杨万里《三衢登舟午睡》：

午思昏昏不肯醒，倦投竹枕睡难成。

晓然有梦疑非梦，听得人声及水声。

这首诗把醒不来、睡不沉，梦境与现实重叠、虚实相杂的午睡情态宛然写出。

张大复这篇小品，也可以视作一首小诗。午困袭来时，没有什么办法能控制住沉沉的睡意，昏昏沉沉之间，梦境变换，寥寥几笔，既像陆游的诗一样活灵活现，又像杨万里的诗一样颇有境界。他们之所以都写得很好,在于他们能把这样一个小片段、小感受,细腻入微而又不矫情、不做作地呈现于笔端,宋人以诗,张大复以小品,各见其妙。

独坐

月是何色?水是何味?无触之风何声?既烬①之香何气?独坐息庵下,默然念之,觉胸中活活欲舞,而不能言者,是何解?

【注释】
①烬:烧尽残余,这里指香灰。

【赏读】
独坐即坐禅,是禅修之一种方式,空室寂然,收拾思虑,归于一静。然而,静坐之时,并非毫无思虑,而是用心神去领悟禅的境界。张大复久困疾病,用心禅修,其领悟远较一般人单纯纠缠话头要高明得多。在这次独坐之时,他就眼前光景,提了四个问题,月色、水味、无触之风声、香烬之气,在张大复看来,这四个问题一旦领悟明了,自己便是对生命有了一个更深刻的理解。这四个问题,探索的是:到底什么是"空","空"是否需要借助其他物体而使人触及？也就是人是否能借助"色"即物质世界而理解"空"？最后，抽离了"色"后的"空"到底如何？"不能言者"，如"不说破"一样，是语言对情绪的一种无力。庄子说得鱼忘筌，但是在禅宗里，筌根本抓不到鱼。鱼是自由自在的，空也是自由自在的。

早计

风雨如晦,虚堂致有爽气,顾不知烦暑何之矣。朱方黯谓且冷,辄思着新脱故,此太早计,见卵而求炙①耶。相视一笑,乃别入卧阁子下纸窗,髡然②风来,疏棂③间甚力。雨丝洒洒,帏幂尽濡。云安君盖两手装之,辄飏去,或附骨而穿,其中犹髡窗也,则相与支溃抵决,何不至焉?张子笑曰:"吾已知招不来,麾不去④,风乎?"虽然,其事也大块⑤。噫!气徂秋则鸣,木叶将脱,威之以兵。巽⑥女戒涂⑦,告予靡宁,予何迁。朱子之早计,其有感于白露之将零也耶?

【注释】

①见卵而求炙:典出《庄子·齐物论》:"且女亦大早计,见卵而求时夜,见弹而求鸮炙。"比喻言之过早。

②髡(kūn)然:形容光秃秃的。

③棂:古代房屋的窗格。

④招不来,麾不去:典出《史记·汲郑列传》:"招之不

来，麾之不去。"麾，通"挥"，引申为驱赶。

⑤大块：指风。典出《庄子·齐物论》："子綦曰：夫大块噫气，其名为风。"

⑥巽：八卦之一，代表风。

⑦戒涂：亦作"戒途"，准备上路。

【赏读】

此篇题作《早计》，实因秋风吹人，因此绸缪避寒。"大块"，典故出自《庄子·齐物论》："夫大块噫气，其名为风。是唯无作，作则万窍怒呺。而独不闻之翏翏乎？山林之畏佳，大木百围之窍穴，似鼻，似口，似耳，似枅，似圈，似臼，似洼者，似污者；激者、謞者、叱者、吸者、叫者、譹者、宎者、咬者，前者唱于而随者唱喁。泠风则小和，飘风则大和，厉风济则众窍为虚。而独不见之调调、之刁刁乎？"这段话是借南郭子綦之口，讲虚己应对万物的道理。张大复熟悉《庄子》，不但化用庄子的典故，思想也深受庄子影响。

闻蟋蟀

候虫时鸟，所知不过春秋晦朔①之交，所居不越灌莽庭户之际。然犹为天宣化，应时而发，虽复悠扬，均节自咏。其咸若自喜之情，而田夫闺妇为之感动，奋起不忘其所有事。饱食终日，无所用心，独老不复振，如某者矣。夜闻蟋蟀于砌下，搔首慨然："但喜暑随三伏去，不知秋送二毛来。②"

【注释】

①春秋晦朔：指虫鸟生命短暂，所知不过春秋之际、旦夕之间。典出《庄子·逍遥游》："朝菌不知晦朔，蟪蛄不知春秋，此小年也。"晦，农历每月的最后一天。朔，农历每月的第一天。

②"但喜"二句：见白居易《答苏六》诗："但喜暑随三伏去，不知秋送二毛来。更无别计相宽慰，故遣阳关劝一杯。"二毛，头发花白，有黑白两种颜色。

【赏读】

《诗经·国风·唐风》中收有一首《蟋蟀》。这首诗有三章，每章的前四句分别是："蟋蟀在堂，岁聿其莫。今我不乐，日月其除。""蟋蟀在堂，岁聿其逝。今我不乐，日月其迈。""蟋蟀在堂，役车其休。今我不乐，日月其慆。"以此表达时间流逝。另一首写到蟋蟀的《诗经》作品，是《诗经·国风·豳风》中的《七月》，这是一首极富感染力的长诗，有关蟋蟀的几句是："七月在野，八月在宇，九月在户，十月蟋蟀入我床下。"前人笺注说，这几句说的都是蟋蟀。然后诗人说："嗟我妇子，曰为改岁，入此室处。"强调的也是闻蟋蟀之声，而知道时间到了岁尾，人与虫都知道避寒而入室。张大复之感慨正从此而来。

花木事

　　花木事,当家人以消遣心为之,动得其理;不更事人以急就心为之,必乖其节。孔子曰:"吾不如老圃。①"未尝经历体验,而能为是言者,真圣人也。每见僧孺栽兰、蒡②而不花。其植玫瑰,则不如某。毋其消遣之兴,故不胜急就之心耶。如某者,即幸有获,亦所谓卤莽③报予者耳。苏氏父子④为文,至多而未尝敢有作文之意。纯是消遣,此谓当家。《易》曰:"不耕获,不菑畬,则利有攸往。⑤"盖计功谋利之极,而自然生焉。孟子勿助、勿忘⑥,不觉道出。

【注释】

①吾不如老圃:见于《论语·子路》篇。老圃,有经验的菜农、花农。

②蒡(bàng):即牛蒡,二年生草本植物,花淡紫色,根多肉,根和嫩叶可食。种子(称"牛蒡子")可入药。

③卤莽:此处指苟且、马虎。卤,通"鲁"。苏轼《应

制举上两制书》:"至于百工小民之事,皆有可观,不若今世之因循卤莽。"

④苏氏父子:指苏洵、苏轼、苏辙父子。

⑤不耕获,不菑畲(zī shē),则利有攸(yōu)往:意思是不耕耘而收获,不开垦而有田地,则利有所往。见于《周易》"无妄"卦,古人对此卦解释各有不同。菑畲,耕耘。《尔雅》:"田一岁曰菑,二岁曰新田,三岁曰畲。"攸,放在动词之前,构成名词性词组,相当于"所"。

⑥勿助、勿忘:典出《孟子·公孙丑》:"必有事焉而勿正,心勿忘,勿助长也。"理学家非常重视"勿助勿忘"四字,王阳明语录有:"学者一念为善之志,如树之种,但勿助勿忘,只管培植将去,自然日夜滋长,生气日完,枝叶日茂。树初生时,便抽繁枝,亦须刊落,然后根干能大。初学时亦然,故立志贵专一。"

【赏读】

花木之赏是晚明文士的日常活动。张大复虽反复申说自己不懂花木事,但对花木之热心却时时见于笔端,如梅花、腊梅、水仙、藤花、石岩花、兰、蕙、牡丹、罂粟花、人面桃(桃花)、玫瑰、月季、蔷薇、十姊妹(蔷薇之别种)、渥丹(俗名石榴)、天竹等,品类繁多,各自成篇,演绎花事生活,而梅花尤为其所爱,相关篇目亦很多。对植物的偏爱与对茶的偏爱一样,都是文人清雅之趣的反映。

三秋[①]

三秋风物，某所欣赏。自世长[②]弃去，但知秋景堪悲。小步闲吟，意都不忍。七夕淹留练水，残暑薰人；中秋还自虞山，关门谢月；重九雅无风雨，但有催租。暗蛩[③]切切，寒漏绵绵。岂徒好景虚闲，抑且连床病卧，孟浪之性无余，如丝之鬓尽秃。点检秋事，种种难堪。然而三月之间，所接蕲黄、齐鲁、江右、虎林、槜李、石门之问不下数十家。所见新故交知奇丽之观，不下十余辈。而临川一序[④]，可并日月，较是所得，浮其所苦，某何患焉？

【注释】

①三秋：秋天。因秋天分为初秋、仲秋、季秋，故合称为"三秋"。

②世长：张大年（1561～1613），字世长，张大复之弟，书画家，书法学赵孟頫，绘画学唐寅。

③蛩（qióng）：蟋蟀。

④临川一序：指汤显祖所作《张氏纪略序》，收在明刊《梅花草堂集》卷首。

【赏读】

本文记秋季风物之变。张大复自言，原本他是极为欣赏秋季风光的，但因其弟的"弃去"，遂感秋景悲凉，使人不忍看。文字简洁自然，像是自然流淌出来的，不知从何处而起，亦不知在何处而止，文章题目与内容常常无甚关联，事件不奇，景物不新，但读起来同样使人不能释卷。好的作品能够调动读者的全部神经，令读者跟随文字前行，一步都不能落下；但有的作品，读者跟得久了，却会产生疲倦之态，也能看出文字的"做作"，甚至有些"矫情"；但张大复的文字却毫无"做作"与"矫情"，读者可以随时放下，随时捡起，数篇读过，虽无深刻的印象，但一种由内而外浸润在文字里的情绪却深深地留在了读者的心中。

居息奄

归先生①居项脊轩②，辄扃③其户。久之，能以足音辨人。意当时人知之，谓之蹈井蛙耳，乃不知其有丹穴④陇中⑤之想。如先生真功名富贵人也。予所居息奄，不减项脊。每旦计米而炊，不继则缩步偻行⑥，与小妇踌躇久之而出，岂复有他念乎？独燕坐寂然。邻家树能分绿荫娱人，春鸟滑滑如簧，则先生所谓扬眉瞬目，谓有奇景耳。有沈妪者，时卖丝予家，多见予坐起庵中，阒⑦若无人，尝私于小妇曰："郎老矣，犹类闺阁中物。"予闻之，唯唯否否⑧。

【注释】

①归先生：即归有光，字熙甫，号震川、项脊生，世称"震川先生"。昆山（今属江苏）人，是张大复同乡前辈。

②项脊轩：归有光的书斋名。因其远祖归道隆住在太仓（今江苏太仓）的项脊泾而命名。

③扃（jiōng）：闭。

④丹穴：原为《山海经·南山经》所记地名："又东五百里，曰丹穴之山，其上多金玉。"后指炼丹修道的岩穴。此处指归有光苦读涵养之所。

⑤陇中：当为隆中，即诸葛亮隐居之处。

⑥偻（lǚ）行：曲背而行。形容衰老。

⑦阒：形容寂静。

⑧唯唯否否：顺从附和，表示同意。

【赏读】

张大复由自己的息庵联想到归有光的项脊轩。归有光的《项脊轩志》是明代散文名篇。归有光生活在正德、嘉靖、隆庆年间，是那个时代名气很大却长久困于场屋的人物，但他不是那种庸腐的皓首穷经之士，他饱读诗书，有运筹帷幄的军事才能。倭寇进犯，他参加守御，撰写《御倭议》，当时尚未考中进士，但他心系国家安危，不顾自己年龄高长。可以说，归有光是一个雄才大略之人，若不是困于场屋，定能施展拳脚，做出更多伟业。因此张大复说，当归有光住在项脊轩之时，可能很多人都视之为井底之蛙，谁会知道他的思想与诸葛亮这些人物相当呢？而归有光闭门读书，安心于此，等待时机，"真功名富贵人也"。

言志

　　净煮雨水,泼虎丘庙后之佳者①,连啜数瓯。坐重楼上,望西山爽气②,窗外玉兰树初舒嫩绿,照日通明,时浮黄晕。烧笋午食,抛卷暂卧,便与王摩诘、苏子瞻对面纵谈。流莺破梦,野香乱飞,有无不定。杖策散步,清月印水,陇麦翻浪,手指如冰,不妨敞裘着罗衫外,敬问天公,肯与方便否?

【注释】

　　①虎丘庙后之佳者:指上等的虎丘茶,明代王士性《广志绎》卷二:"虎丘、天池茶,今为海内第一。"

　　②西山爽气:原指在官却有悠然闲情。后常用此典形容人狂放不羁,不问俗事。典出《世说新语·简傲》:"王子猷作桓车骑参军,桓谓王曰:'卿在府久,比当相料理。'初不答,直高视,以手版拄颊云:'西山朝来,致有爽气。'"

【赏读】

　　东坡曾说："无事此静坐，一日似两日，若活七十年，便是百四十。"唐子西对此也有感慨："山静似太古，日长如小年。"张大复想必对二者十分认同，曾说过："一鸠呼雨，修篁静立，茗椀时供，野芳暗度……念既虚闲，室复幽旷，无事坐此，长如小年。"（《此坐》）

灯前自语

　　原夫男子之事，故少乐而多忧；不谓鸡肋之人，亦好难而贱易。燥湿轻重，不涉其时；忧快娱悲，每狎其变。见抱瓮①之无械，薄视机心；感磨杵②之多勤，耻言顺运。乃至爱月，性也，悲筂吹落霜天魄，则爱之情愈旺；徵歌③，情也，曼声洒尽羌人泪，斯情之感弥深。病非所患，但使面留五官，不愁二竖④之忽膺。贫故自甘，不必家余宿舂，常望三径⑤之客至。

　　不贪虎子，好入虎窠；未见龙珠，欲撄⑥龙怒。扪心自分，据理有由。昔老氏无为，直须绝学；惟宣尼发愤，然后忘忧常乐。岂入门之方，上达非修道之教？客闻唯唯，予心否否⑦。凡所有相尽是虚妄，世人以苦为乐，不肯空其所难；吾欲以乐为苦，敢复住于所系。首锐足方，难甘圈牢⑧之养；眉横须从，羞整儿女之观。借此筋骨，度彼年华，非则两皆非，是则差近是，苟全微尚，任笑福轻。

【注释】

①抱瓮：比喻无机心。见于《庄子·天运篇》，述子贡途中见一人，为灌溉园圃，凿井之后，抱瓮下井取水，子贡劝他用机械取水，他说："吾闻之吾师：'有机械者必有机事，有机事者必有机心。'机心存于胸中，则纯白不备；纯白不备，则神生不定；神生不定者，道之所不载也。吾非不知，羞而不为也。"

②磨杵：比喻立志不移，功到自然成。李白少时读书，未成弃去，道逢老媪磨杵，李白问其故，曰："作针。"李白感其言，遂卒业。

③徵歌：谓征招歌妓。

④二竖：指疾病。典出《左传·成公十年》，晋侯梦疾为二竖子。

⑤三径：指归隐者的家园。蒋诩归乡里，荆棘塞门，舍中有三径，不出，唯求仲、羊仲从之游。

⑥撄（yīng）：触犯。

⑦否否：犹言不是不是。表示不同意。

⑧圈牢：关养家畜的地方。

【赏读】

此为张大复体道之言。张大复早年病废，禅修与体道成了他的日常功课，故而时时记录其体道的体会。晚明三教合一流行，如李贽由王学左派入禅，在当时颇有影响力，士大夫参禅者亦多。早于张大复的，如冯梦祯，官至南京国子祭酒，思想上颇认同禅宗，还倡议刊刻佛经；晚于张大复的，如叶绍袁，小品文亲切恬淡，思想上也与禅宗密不可分。至于憨山、达观等大师，在士大夫中间亦有影响力。此外，达观与汤显祖、冯梦祯、袁宏道等人，都有交往。禅修只是一方面，明人也认同儒家的思想，特别是心学。所以，像张大复这样的体道之语，不仅颇有释子口吻，其中亦不免夹杂个人修养、儿女之情，而这也正是晚明参禅悟道时代的一个缩影。正由于他夹杂了个人修养、儿女之情，反倒与释子纯粹的参话头有所区别，不作禅机之辩，更能近人情，使人乐于接受。

夜泊论交

偶与四方兄弟欢剧①累日,紫翠互施,宫羽叠变,真有无量快活,无量进益。今进舟中,被酒达旦无寐。忽思吾里中五六兄弟,愍如调饥②也。乃知附近深交,如饭如茶如肉如酒,但有醉饱时,那有厌弃时。不知味者,妄谓常品无奇,此仓皇下咽,不经齿嚼者耳。海内慕尚之交,譬如亲宾设席,鸡猪鱼鸭,大略与常用等,第一经庖人俎脍,宾人铺设,便增气色,令人有且敬且感意。若夫意气之交,故是山海奇错,卒然遇之,食指自动,虽裂鼻析吻、缩舌涩齿,若自见其所甚欲,不能不食,然亦不宜久食。

至于真正相知,则人身之元神也,非饭非茶非肉非酒,无色无声无香无味,但觉有之,则肢体轻安,肌脑满壮;一日损之,神气消缩,缓急失之,腰背麻痿。吾乌乎知其所以然而然耶?故夫相知,谈何容易?管鲍之交③遇其匹,子长之传④通其意;漆园⑤之相视而笑,莫逆于心传其神。

【注释】

①剧：大。

②惄（nì）如调（zhōu）饥：典出《诗经·周南·汝坟》："未见君子，惄如调饥。"调，朝也。郑玄笺："未见君子之时，如朝饥之思食。"

③管鲍之交：春秋时齐国管仲与鲍叔牙少时交好，后来管仲事公子纠而败，鲍叔牙向公子小白推荐管仲，管仲协助公子小白称霸，即齐桓公。后以"管鲍之交"指朋友间深厚的友谊。

④子长之传：指司马迁《史记·管晏列传第二》所记载的管鲍相交之事。司马迁，字子长。

⑤漆园：庄子曾作漆园吏。

【赏读】

这是一篇论朋友之交的小文。孔子说："有朋自远方来，不亦乐乎？"阮瑀诗云："置酒高堂上，友朋集光辉。"诸如此类，都是写朋友欢聚之乐。古人慎交游，以能交到在道德、文章上能匡正自己的朋友为尚，因此有"诤友""畏友"之说。孔子曰："益者三友，损者三友。友直，友谅，友多闻，益矣。友便辟，友善柔，友便佞，损矣。"朱熹《论语集注》引尹氏的话："自天子至于庶人，未有不须友以成者。而其损益有如是者，可不谨哉?"《白虎通义·谏诤》引《孝经》:"大夫有诤臣三人,虽无道,不失其家。士有诤友,则身不离于令名。"陆游《病起杂言》:"起居饮食每自省,常若严师畏友在我傍。"诸如此类,都是劝人慎于交友以及教导人如何交友的。但是,现实之中似很难辨别友道之损益,韩愈《柳子厚墓志铭》:"今夫平居里巷相慕悦,酒食游戏相徵逐,诩诩强笑语以相取下。"批评的是酒肉朋友互邀吃喝玩乐,与真正的友道相距甚远。张大复亦从酒肉后的冷静中思考友道,而其论友道亦借酒肉为说,他认为真正的相知,"非饭非茶非肉非酒,无色无声无香无味",认为酒肉能助友道之乐,而真正的友情又超越了酒肉之交。

论文

作文无他法，只要深入题髓，跳出题外。深入题髓，观题之意；跳出题外，写题之情。观题之意，下语不疏；写题之情，运笔不滞。冯先生教人深处更深一步，直入针孔，然后尽从笔尖上拈出。近世文士亦知深一步法，欲从笔尖上拈出，非大圆通①不可几②也。

【注释】

①圆通：文辞周密畅达。《文心雕龙·封禅》："然骨掣靡密，辞贯圆通，自称极思，无遗力矣。"

②几：接近，达到。

【赏读】

此篇论作文之法，较为实在。张大复《文》："苏子瞻灯下顾自见其影，使叔党就壁摹之，不施眉目，观者皆失笑，知其为子瞻也。此叔党之妙也，以灯取影而神出焉。使他人为之，未有能肖者也。文章之业，自王房仲、黄贞父，妙为简远之作，萧疏自喜，未尝有法，不可谓之无法矣。而世之小生，辄欲以一两笔传圣贤之心髓，曰：'吾得其意止耳。'譬之俗工，不施眉目，求肖子瞻者耶？"批评为文无法，正见其文章妙处所得。

日纪

驾部王淑士问某："闲居何所自遣？"某以日纪对，驾部曰："政疑世间文字都不必作，只此自真性所流，便是世间真文字。"孙子啬好阅《草堂笔谈》，意亦尔。乃不知某之真性，自朝抵暮，半为米盐所驱，杳不觉落在何许？上床计过后，乃课程限，随意授写一二则，尽有草草匆匆处，无不欣然。个里几希，全靠这些捉得。①

【注释】
①"个里"二句：此处指为生活所驱的日常中，只有极少真性，靠日记捕捉。个里，此中，其中。几希，相差甚微，极少。

【赏读】
此篇写朋友推崇自己的文章，但个中甘苦只有自己知道。文中提到孙子啬喜爱张大复的《草堂笔谈》，他还在《文章独行》中引王淑士的信说:"王驾部书云:'此中如郭尔光、孙子啬诸人,雅相慕尚,尊稿至,辄便持去。'"而张大复也喜欢孙子啬的文章,自述"往岁,求子啬文,不可得,癸丑得之"。张大复推崇孙子啬的文章,是因为孙子啬的文章能自出机杼,没有受到八股文的影响。孙子啬"十九举于乡,两试不第,宝硕疑之,遂翻阅时义殆尽,然其文皆独造"。(《孙氏学》)正因此,汤睡庵评价孙子啬:"嗟乎,夫子啬可谓独行于文矣。"(《文章独行》)

三境

抱影寒庐,夜深无寐。漫数乐事,得三境焉。

其一曰禅喜。一室十圭①,寒蛩②声暗,折脚铛③边。敲石无火,冰月在轩,灯魂未灭,揽衣独坐,如游皇古。意思虚闲,世界清净,我身我心,了不可取。此一境界名最第一。亦有倚红大师,莲花不染,苦吟乞士④,不碍真空⑤。一动道场,方斯邈矣。

其一曰人杀。穷阴杀节,悲笳乱鸣。扑面惊尘,穿骨飞雪。衔枚寂寂,捣截阴山。万里沙场,仅余鬼哭。肃阵归营,冰月当户。满引清啸,指堕肤裂。此一境界差足神王⑥。亦有专城⑦老将,出境便还。长胜名家,尚留残孽。非曰能之,愿姑舍是。

其一曰豪举。画屋曲房,拥炉列坐。鞭车行酒,分队徵歌。一笑千金,樗蒲⑧百万。名妓持笺,玉儿捧砚。淋漓挥洒,冰月流虹。我醉欲眠,鼠奔鸟窜。罗襦轻解,鼻息如雷。此一境界亦足赏心。凡有年少王孙,拥姬酣卧。蠹鱼⑨墨士,典衣论文。既腐既酸,所乐不在。

【注释】

①十圭：圭是较小的容量单位，十圭指室内空间很小。

②寒蛩（qióng）：深秋的蟋蟀。

③折脚铛：断脚锅。

④乞士：比丘的别称。

⑤真空：佛教用语。一般谓超出一切色相意识界限的境界。

⑥神王（wàng）：谓精神旺盛。王，通"旺"。

⑦专城：指任主宰一城的州牧、太守等地方长官。

⑧樗（chū）蒲：古代一种博戏，似掷骰子，后代指赌博。

⑨蠹鱼：即蟫，又称衣鱼，蛀蚀书籍、衣服等。体小，有银白色细鳞，尾分二歧，形稍如鱼，故名。白居易《伤唐衢》诗之二："今日开箧看，蠹鱼损文字。"后借指书籍和死啃书本的读书人。

【赏读】

晚明华淑辑《闲情小品二十八种》，将此文编入《雨窗随喜》，但他删去第二境"人杀"，改"三境"为"两境"。华淑删改之处，恰见晚明人习气，追求年轻"豪举"与年老"禅喜"的两节人生，而未能深刻领会张大复"人杀"一境的生命经验。

悟言十八则

衰病侵寻①，自觉心愈澹，情愈浓。所以心澹，本来无物；所以情浓，人心不死。

鹰立如睡，虎行如病，便是攫人食人手段，必如纪渚子之木鸡②，方是养成天德之刚。

圣人不死，只是念头常惺，精神常贯。

不忍堂下之牛，是见非觉，故曰：以羊易之。③是心足以王矣。是觉非见，故曰：天下犹运之掌，见之，害常至以杀不辜；觉之，量定可以保天下。

辱莫大于伤心，怒莫惨于嬉笑。以慧眼观，何适非益；以佛眼观，到处慈悲。

打骂虚空，虚空但知覆载；呵喝佛祖，佛祖一味慈悲。

饱后思味，则浓淡之境都消；色后思淫，则男女之见俱绝。透得当下光景，则有余不足之患，不知其所如矣。

莫浅于壮颀④而赴义若驰者，排难解纷，不失和气。莫露于咸辅而当仁不让者，反覆力争，悉中机宜。

李卓吾云：即如两人行淫，一是菩提，一不是菩提，何以故？误入淫室，将毁戒体，如何是菩提？空中儿啼，受室偿债，如何不是菩提？

常居其外，则心平。常当其境，则情得。常处其后，则欲寡。常企其前，则德进。常观其理，则喜怒哀乐无所不妥。

破事之语盛，气则粗。破情之语涉，意则峭。故曾子曰："出词气，此处大有涵养在。"

柳子厚诗云：有叟垂华缨。[⑤]华缨，华发也。有孺子歌曰：沧浪之水清兮，可以濯我缨。正不作冠系解。

神农尝百草。孔子曰："丘未达，不敢尝。"何以故？王房仲云："作者之为圣，述者之为明，皆时为之也。"此语破的。

鸽闻铃而摩天，不知息飞而响绝也。蜂罹窗而怒触，不知解怒而旋飞也。铃愚鸽，窗愚蜂，生死愚男子，芗饘愚众生。

曾子之唯，颜子之不违也。不违直而无痕，唯字神而微有迹。

"子路行行如也。若由也，不得其死"，然此是夫子相诀。"柴也其来乎，由也其死矣！"又曰：虽百世可知也。此是夫子数术。问于郰曼父之母，然后得合葬于防，此是夫子地理。鲤也，死有棺而无椁，此是夫子葬法。呜呼！有吴延陵季子之墓，此是夫子志墓文。

黄蘖祖师⑥云："不是一番寒彻骨，怎得梅花扑鼻香。"意念少缓时，便宜庄诵一遍。

盛世之农利有年，衰世之农利凶岁。盛世之农良，衰世之农黠，良农之利有之，黠农之利乘之。

【注释】

①侵寻：渐进。

②纪渻子之木鸡：典出《庄子·达生》："纪渻子为王养斗鸡。十日而问：'鸡已乎？'曰：'未也，方虚憍而恃气。'十日又问，曰：'未也，犹应向景。'十日又问，曰：'未也，犹疾视而盛气。'十日又问，曰：'几矣，鸡虽有鸣者，已无变矣，望之似木鸡矣，其德全矣。异鸡无敢应者，反走矣。'"前人注解，木鸡精神凝寂，应敌之际已忘胜负，故能无敌。

③以羊易之：典出《孟子·梁惠王上》，是孟子"不忍"说的出处，孟子进而发挥阐明王道之说。

④壮頄（qiú）：典出《易经·夬卦》："壮于頄，有凶。"頄，颧骨。

⑤"有叟垂华缨"：见柳宗元《韦道安》一诗。

⑥黄蘖祖师：即晚唐禅师希运。其幼年出家于黄蘖山

寺，圆寂之后，敕谥"断际禅师"。

【赏读】

上述"悟言"，是张大复悟道之语。这类话收在《梅花草堂笔谈》中尤多，不能一一选入。但此篇大概在当时已作为单篇流传，类似《小窗幽记》等书。关于这篇悟言，张大复曾记朋友周芝孙的话："往从传孝雍读公悟言，吾眼中未见此人，尝欲倩之写一通，今已矣，公其勉之。"可知，张大复这些悟道之语，在当时流传颇广。

卷二 清供

今夕月明如水,
独立庭中,
寂无启扉者,
盖亦时运然矣。

书

真①生行，行生草；真如立，行如行，草如走。未有未能行立而能走者也，此善论也。字渐玄妙，方可草书。而世人竞率意为之，自谓天放。岂复有书意乎？古人云："事忙不及草书。"尝举以戏草草者，其人辄妄对云："章草固不易作。"此尤可笑。古来疾书无如怀素、颠旭②。古诗云："兴来绝叫三两声，粉壁纵横千万字。③"读此者，要得其踌躇满志之态，正不当先以豪放目之也。病久废书，今日独坐息庵下，戏取粉板，作掌大数十字，如壮士囚缚，愈法愈野，不觉哑然自笑。吾书不减蝌蚪④，当存之以俟识者。

【注释】

①真：指楷书。原是隶书的别称，也称正体书法。唐张彦远《法书要录·晋卫夫人笔阵图》："凡学书字，先学执笔，若真书，去笔头二寸一分；若行草书，去笔头三寸一分执之。"

②怀素、颠旭：即唐代僧人怀素与张旭，均擅草书。

③"兴来"二句：唐代诗人窦冀《怀素上人草书歌》："忽然绝叫三五声，满壁纵横千万字。"

④蝌蚪：周代的古文字。上古笔墨未发明前，以竹挺点漆书文字于竹上，竹硬漆腻，画不能行，文字之体乃多头大尾小，形如蝌蚪，故称。

【赏读】

书法是一种兼实用与美的艺术。大概本之于实用，故而需有章可循。字不管怎样变化，要使人能够识得，龙飞凤舞，固然美观，而观者不知其为何字，纵然美观又有何益？"忽然绝叫三五声，满壁纵横千万字"，是唐代诗人窦冀《怀素上人草书歌》里的句子。张大复把原诗的"忽然"改作"兴来"。窦冀原诗本是七言歌行，较为完整地描绘了怀素作草书时的精神面貌，活灵活现地表现了怀素写草书时的动作与神情，"绝叫三五声"是由文字、笔力共同作用下喷薄而出的声响，是冲出笔端不可遏制的力，而这也是张大复所认同的。

画

陈白阳①画山水六幅,所谓意到之作,未尝有法,而不可谓之无法也。倪伯远②持视世长,相与绝叫奇特。予非知画者,忽然见之,亦觉心花怒开。因与伯远、世长究问今人不及古人处,其说不能一。予笑曰:"自白阳此等画出,所以今人不如古人也。"两人莫对。予曰:"今日但见白阳意到之作,淡墨淋漓,纵横自在,便失声叫好。不知其平日经几炉锤,经几推敲,大山、长水、丘阜、溪壑,一一全具于胸中,不差毫末。然后抛却影像,振笔直遂,所以方尺之纸,势若千里。模糊之处,具诸生韵,所谓死枯髅上活眼再开者也。今人写得一草一木、一壑一丘,未有几分相似,便从古人意到之作学起,都成澹薄,了无意致③,又何怪哉?"

【注释】

①陈白阳(1483~1544):陈淳,字道复,号白阳山人,

长洲(今属江苏)人,明代书画家,师从文徵明,作品自成一派。

②倪伯远(1564~1626):倪世瑛,字伯远,昆山(今属江苏)人,画家,与张大复兄弟为友,张大复曾为其作寿序,倪伯远死后,张大复又为其撰写墓志铭。

③意致:意趣,情致。

【赏读】

绘画原本最重写实。自王维画了"雪中芭蕉",写意一派逐渐形成,到了宋代,写意成了文人画的正宗。陈淳早年学习元人画法,后来归于水墨写意,跟随文徵明学习,颇有成就。文徵明曾说,他的绘画自有传承,陈淳不是他的门徒。言外之意,陈淳的绘画已经自立门户,独成一派了。陈淳当时名声的确很大,与徐渭齐名。王世贞评价当时画坛,沈周以后,画坛上只有陈淳和陆治最好,没有人能超过。陈淳的画被誉为"意到之作",没有画法的束缚。

风筝

　　风筝，一名纸鸢，吴中小儿好弄之。然当其搏风而上，盖亦得时则驾者欤。梁伯龙戏以彩缯作凤凰，吹入云端，有异鸟百十拱之，观者大骇。伯龙死久矣，其新翻①杂调②往往散入侯王将帅家，至今为侠游少年所传咏，其好事故亦一时之冠也。

【注释】

　　①新翻：新改编。
　　②杂调：此处指梁辰鱼（字伯龙）所作戏曲作品和散曲作品。

【赏读】

　　题目是风筝，实际写梁辰鱼之逸事。梁辰鱼，字伯龙，号少白、仇池外史，明戏曲作家。好任侠，家有华屋，常接纳奇士英杰。作品有杂剧《红线女》，传奇《浣纱记》，散曲集《江东白苎》等，其中以《浣纱记》传奇最著名。王世贞《嘲梁伯龙》："吴阊白面冶游儿，争唱梁郎雪艳词。七尺昂藏心未保，异时翻欲傍要离。"张大复《昆山人物传》中有梁辰鱼传记，《梅花草堂笔谈》中也多处写到梁辰鱼，本书另选入一篇《梁伯龙》。

张灯

上元张灯莫盛于唐开元①间。神龙②以后，尤极严丽。士女阗塞③，有浮行数十步者。自汉以来，但云宫中祀太乙④、民家祀门而已。尝考竺坟⑤云："上元日，天人围绕，步步燃灯十二里。"又云："上元日观菩萨，放光雨花，则知灯之盛，未有如极乐界者。"予家居片玉坊中，犹记嘉靖丙寅丁卯之间⑥，大梁王公为宰，上元行学举乡饮礼。既毕，公使吏执牌许民家放灯，否者有罚。民竞剪彩，按故事作鸟兽人物，千门万户，星罗炬列。自后岁岁有之。大都先君子与许先生为之倡，而里人杜谷塘、金玉涵又敛钱买灯，望门分派。一时里中颇不寂寞，自十二至十七日，烟花缭乱，金鼓喧填，子夜后犹闻箫管之声。今夕月明如水，独立庭中，寂无启扉者，盖亦时运然矣。因忆昔寓长安⑦，偶谈灯市之丽，有一二官人自号清节者，极恶之，以为伤财废事无过于此。予谓清素可以持身，不可以御俗；俗尚清素，终是衰飒气象；雍雍博大之世，当不尔。众皆愕然。

【注释】

①开元：唐玄宗年号。

②神龙：武周时期武则天最后一个年号。

③阗（tián）塞：拥塞。

④太乙：天神名，亦作"太一"。宋玉《高唐赋》："醮诸神，礼太一。"《史记·封禅书》："天神贵者太一。"

⑤竺坟：指佛经。下文所引佛经经文未能考出出自何经书。

⑥嘉靖丙寅丁卯之间：指明嘉靖四十五年（1566）至隆庆元年（1567）之间。

⑦长安：代指京城。

【赏读】

本篇所说的唐代上元节张灯之盛，见于刘肃《大唐新语》："神龙之际，京城正月望日，盛饰灯影之会。金吾弛禁，特许夜行。贵游戚属，及下隶工贾，无不夜游。车马骈阗，络绎不绝，人不得顾。王主之家，马上作乐，以相夸竞。文士皆赋诗一章，以纪其事。"张大复放灯的意义，大概与其父亲有关，他曾记载："先君晚岁每逢花开、莺啭、蛩吟、霰集，乃至寒食、重九、坊灯、里社为欢；如不及，惟恐后时，既往而黯然自失也。"（《清和社》）至于张大复本人，似乎更爱热闹后的寂寞，其《观放灯》："僧孺、季弘、方黯晋行晚，食讫，出驷马关观放灯。大都驾竹叶为棚，金钲随之。每试铜花，士女填塞。至浮行百十步，过则寂然，未尝有灯也。多取胜于月，又霁后逢节，人情一新。穿街陌，听小鼓，观小儿所行，不觉忘倦。久之入关，小憩景德寺。一片空明，龛灯无火，为讲苏子瞻'不把琉璃间照佛，始知无烬亦无灯'之句，颓然孤往，二鼓乃别。"

卖花

卖花,古之遗事,然未有无所不卖如今日者。少游白下,闻卖花声,心乐之,吾乡故未有也。然止茉莉一品,玫瑰时一二卖,而其人皆有聊试高华之色,无得失想。年来老妇稚子敝敝①于道,典花取钱,市贾无异。插串谬种,非意所及。至有豪右之族②,闺房之隽,转相效慕,与倚门儿女争半钱之息,拔葵去妇③之风,哆为迁浪久矣。好华而甘伪,世贫而情窄。呜呼,知其所终也哉。

【注释】

①敝敝:疲困貌。

②豪右之族:豪门大族。《后汉书·明帝纪》:"滨渠下田,赋与贫人,无令豪右得固其利。"

③拔葵去妇:后世多作"拔葵去织",比喻做官不与民争利。典出《史记·循吏列传》记公仪休:"食茹而美,拔其园葵而弃之。见其家织布好,而疾出其家妇,燔其机,

云:'欲令农士工女,安所雠其货乎?'"出其家妇,指休妻。

【赏读】

卖花当属雅事,但雅之背后实则为辛酸。唐代吴融有一首《卖花翁》:"和烟和露一丛花,担入宫城许史家。惆怅东风无处说,不教闲地著春华。"这是说把花担入京城,卖给豪贵之家。唐代司马扎的《卖花者》,诗意与吴融的《卖花翁》差不多,不过是古体,容量更大,写得更详细,从主人公种花写起,一直写到卖花,受到豪贵盘剥,道尽卖花人的辛酸:"农夫官役时,独与花相对。那令卖花者,久为生人害。"这些"遗事"与张大复所见大略相同。

度曲

喉中转气，管中转声，其用在喉管之间，而妙出声气之表。故曰：微若丝，发若括，真有得之。心应之手与口，出之手与口，而心不知其所以者。尝听张伯华吹箫，王季昭度曲，庶几[①]，至无而供其求，时骋而要其束。今日纳凉张时可北亭上，闻徐生歌，大有故人风味[②]，不觉快然。季昭，歌者也，微言冷谑，雅冠一时，后为尼，数年化去。五月廿六日记。

【注释】

①庶几：近似。
②风味：风度，风采。

【赏读】

张伯华事迹亦见于张大复所写《王先生召张伯华吹箫》："大梁王松筠先生，治昆山，酌泉茹冰，风流自赏……先生尝闻部民张伯华善吹箫，使人召之，诚不得辞。伯华窘甚,着布帽,衣青衣,偻行而前。先生揖之……令奏新声,伯华殚技驰骋,先生倚歌和之。有白金纯棉之赐。明旦,伯华移家,匿吴门,聚徒授书,竟先生之任不归。先生亦不复问。"张大复《怀人诗》中有一篇咏王季昭:"丰姿濯濯压词闱,对酒当歌思转微。一入淞南皈绣佛,阳台寂寞鹧鸪飞。"诗注:"行五,窈窕多姿,解吟理歌曲,为词家所宗,后乃剃落。"可为本篇注解。

声歌

性喜声歌，绝不能解其事，又不能集其人。然三十年间聚此堂者，沦落几尽矣。沈卫安不知泰昌①之世，杨雄峰、张平甫不及天启②之朝，顾僧孺奉行新历十二日而死，岂不痛哉！雷敷民望八③之年，足开雨雪，逢场咏啸，耳识稍钝，发音愈高。金文甫好演《琵琶传》④，或请为之，欣然便作。风雨之朝，窥户以候演者，沽酒作食，无吝于怀。问其年，亦六十余矣。人生妙有情性，何人不得。

【注释】

①泰昌：明光宗朱常洛年号。
②天启：明熹宗朱由校年号。
③望八：年将八十。
④《琵琶传》：即元末高明所作南戏名剧《琵琶记》，演蔡邕与赵五娘的故事。

【赏读】

此篇写喜声歌之朋友相继谢世，自是寂寞伤心。

这几位朋友见于其他篇目："沈卫安吹长箫，作《水调歌头》，李季鹰和之，其声泠泠然，若鸾鹤穿云，而瘦蛟舞幽壑也。"（《沈李》）"张平甫既病，便斋素，低头默默，都不欲见，一人偃卧而逝。平甫洁清自喜，无迂曲性，宜如此。一生强酒，即沉酒不肯言醉。望五而瘵酒，瘵也伤哉。泰昌元年十二月九日，风气如春，鸡鸣后疏雨，堕瓦猎猎。忽闻其妇哭声，遂不成寐。书此。"（《张平甫》）"张进士……偕赵瞻云、雷敷民，与其叔小泉翁，踏月邮亭，往来唱和，号'南马头曲'。"（《昆腔》）"金文甫急朋友之难，饥不及炊，吾甚重之。文甫曰：'往时在狱，闻人救援声，脊梁上竟一日有力。'"（《金文甫》）此外，金文甫五十岁时，张大复为作《赠金文甫五十序》；雷敷民八十岁时，张大复为作《雷敷民八十序》，叙二人生平事迹较详。

人到晚年，难免感到光阴易逝、岁月难留，不过数年光景，身边的老友相继消逝，不觉让人万感俱生。然而在张大复的笔下，有情却并不消沉，衰飒却并不颓废，年近八十的雷敷民"逢场咏啸""发音愈高"，六十多岁的金文甫老而不辍其趣，欣然表演《琵琶记》，遂使其感叹道："人生妙有情性，何入不得。"

石岩花

吾乡傅家旧有石岩花六株,傅君植之数年,每岁花开,鲜艳夺目。弇州先生①归其所售田数十亩,取置小楼下,用云母石纸装四壁,花光浮昱,都作映红宝色,此亦风流之极致也。年来市花者颇多易得,绝不闻有如此好事者,人与花不相值耳。花出温台②间,江阴人偏解南中花木意,接植颇繁。三四停辄售,售辄萎,而花故不逮温台,或曰其地气云。偶与晋孟嘉谈得种花诀,诀曰:种用黄泥细细拣,夏日遮阴冬不管。羊矢③浸水续续浇,岁岁花开枝枝满。

【注释】

①弇州先生:即明代嘉靖至万历年间的文坛盟主王世贞,他也是"后七子"中的代表人物,主张散文学习秦汉,诗歌学习盛唐。

②温台:即温州、台州。

③羊矢:即羊粪。

【赏读】

石岩花大概是从宋代为好事者所宝贵。诗歌方面的题咏，也是从宋代才开始有的。袁燮《谢王恭父惠石岩花二首》其一：

岩畔移来漫一丛，鲜鲜忽发十分红。

细看颇与酴䕷类，言善方知美在中。

其二：

生平悃愊了无华，投老胡为也爱花。

家酿朋壶助清兴，会看落笔吐天葩。

其中第一首说到此花绽放后十分鲜红，是它的特点，而这种鲜红之色，也在其他人的诗中有所提及。释仲皎《石岩花》：

朱英历历烁晴空，过了花间几信风。

明日画栏供徙倚，却须有句到芳丛。

所谓"朱英"，说的也是红花。赵抃《上天竺寺石岩花》：

对植齐开古梵宫，欲求精笔画难工。

直将春占三旬盛，谁谓花无十日红。

未羡山桃资客笑，且陪庭柏作家风。

遍寻他处都无此，宝殿前头只两丛。

诗中说到此花不但是红色，而且花期较长，不过此花移植不容易，所以寺中也不过两丛而已。当然，正因为它种植不容易，故而更加宝贵难得。张大复文中说江阴人培植出售石岩花，使之成为平常之品，而与此花有关的风流雅事却消歇了。

别水仙花说

南中饶花木卉品,几以百数。至于春夏交之虞美人,秋之断肠草,冬之水仙花,无上矣。余不能从嵇含①晓其事,独心好之。顾虞美人叶不敌花,断肠草不耐秋冷。夫至于水仙花,无上矣。叶如剑,茎如兰,房如黄冠②,根如夜合③。绿如芭蕉,然沉郁;白如轻罗,然芬泽。香如腊梅而温,如芙蓉而洌。宜冉冉风,宜溶溶④月,宜暖室,宜净榻,宜咏,宜觞。亭亭叶表,森森华外,其神浮昱而不定,绸缪⑤而自如,盖本末之称者,莫易之矣。每穷阴⑥杀节⑦,护以轻襦⑧,可五浃旬⑨而不变。每冬初,必购一本着斋中,辄低回留之,不忍去。今年练水⑩李子遗我数茎,花繁叶硕,特设一静几,病魔榻上,同卧坐者几两月。一夕,长风烈烈,雁声嘹嘹,两足如卧冰上,亟起窥之,裒然⑪相视而笑。心怜之,因移置帷中,护以茶筥⑫,旦起相视,更相怜也。会童子弗戒,一枝流落他所,至今为恨。距李子之相遗,今五十日矣,而色泽黯然,神情怆悴，予心悲焉，煮茶而送之。夫水之于五行⑬最无滓矣，又加仙焉，不亦贵乎？第世之咏者，如罗袜玉佩、月下黄冠之语，止得其娉婷静植之致。而以予所睹，当是梅花嫡派，在女中为丈夫，今之别我而去也，安知其魂不归岭⑭上乎？昔人不云耶："相思一夜梅花发，忽到窗前疑是君。⑮"

【注释】

①嵇含：当为"嵇舍"，西晋人，字君道，自号"亳丘子"，嵇康侄孙，著有《南方草木状》，分草木果竹四类，共八十种。

②黄冠：道士之冠。

③夜合：花名。花顶生，色白，极香，入夜尤浓烈，日开夜合，故称"夜合花"。《遵生八笺》："红纹香淡者，名百合，蜜色而香浓，日开夜合者，名夜合。"

④溶溶：明净且洁白的样子。

⑤绷缊：亦作"绷氲"。形容云烟弥漫、气氛浓盛的景象。

⑥穷阴：指冬尽年终之时。

⑦杀节：指秋冬肃杀时节。

⑧襦（rú）：短袄。此指为花保暖。

⑨浃（jiā）旬：一旬，十天。

⑩练水：即练川，在嘉定。清代赵昕修，苏渊纂《嘉定

县志》卷五:"练那塘,旧运河,为境内之纵水,长七十二里,湖水从西南来,澄澈如练,故别名练川。"

⑪袅然:纤长柔美貌。

⑫筥(jǔ):圆形竹筐。

⑬五行:指金木水火土。

⑭岭:又名东峤、梅岭。在今江西、广东交界处,为岭南岭北的交通咽喉。

⑮"相思"二句:此诗见于唐代诗人卢仝《有所思》。

【赏读】

水仙花之流行,大概是从宋代开始的。唐代以前诗歌中出现的"水仙"二字,基本都是字面意思,即水中仙人。如杜甫《舟中》:"飘泊南庭老,祇应学水仙。"李商隐《板桥晓别》:"水仙欲上鲤鱼去,一夜芙蓉红泪多。"宋赵彦卫《云麓漫钞》卷四:"杨诚斋云:世以水仙为金盏银台。盖单叶者,其中真有一酒盏,深黄而金色。"此所记已为水仙花。吴文英《夜游宫》有一首题作"竹窗听雨,坐久隐几就睡,既觉,见水仙娟娟于灯影中",中有"窗外捎溪雨响。映窗里、嚼花灯冷"。所赏亦为水仙花。张大复又有《咏水仙花》一诗:

绰约谁能似?黄冠月下归。

步虚摇玉珮,照水拂罗衣。

云卧来神女，江游伴洛妃。
　　灵均不解事，骚谱有遗辉。
喜爱之情，见之笔端。

种兰

果中之橄榄,书之《骚》①,卉之兰,自是天壤间三奇绝,未有俪②之者。友人某,解衣质钱②,愿为典花主,而念不及兰,见《骚经》辄掩其卷,但能啖橄榄三枚。余尝疑之,此兄又是强解事也。今日得兴兰一本,植息庵中,思之不觉失笑。

【注释】

①骚:即屈原之《离骚》,古人又称之为《离骚经》。
②俪:相并。
③解衣质钱:出售衣服。

【赏读】

此篇写种兰。兴兰即春兰,出自阳羡山。此次种兰并未成功,"予用之辄败,知非九畹中人也。栽兰不成,书此一笑。"(《梅花草堂笔谈·春兰》)《梅花草堂笔谈》另有两篇以《兰》为题,其一:"与兰俱化,故有是言,然而非也。今日倚兰而坐,游香氤氲,随风近远。时有爽致,逼人鼻观间。急起从之,则不知所如矣。无人自芳,久而愈奇者,兰耶?"其二:"兰之味,非可逼而取也。盖在有无近远续断之间,纯以情韵胜。氤氲无所,故称瑞耳。体兼众彩,而不极于色,令人览之有余,而名之不可即。善绘者以意取似,莫能肖也。其真文王、孔子、屈原之徒,不可得而亲,不可得而疏者耶。"写的都是赏兰之趣。

兰蕙

语云：山林间十蕙而一兰，故曰：蕙贱而兰贵，兰少而蕙多也。此不然，众与少岂贵贱之骨与？兰气醇远不射而蕙艳发①，兰韵长而蕙微短。等是国香，政堪伯仲耳。必贵贱人物于众少之间，则荀氏八龙②，当以多故减贵；而李白、萧颖士③仅然有，子将亦曰：少者固不贱耶？楚经云："既艺兰之九畹兮，又种蕙之百亩。"④盖所谓有此内美，故不为贵贱之证。

【注释】

①艳发：鲜明焕发。

②荀氏八龙：东汉荀淑有子八人，并有盛名，时人谓之"荀氏八龙"。

③萧颖士：字茂挺，唐开元进士，擅古文，文章与李华齐名。

④"楚经"句：文中所引两句出自《离骚》。楚经，即《楚辞》。

【赏读】

本文是一篇托物言志之文,借蕙之名,抒发自己对世事间"少贵多贱"这一现象的一些看法。

蕙者,佩兰也,亦称为蕙兰,叶似兰而瘦长,花红色,边镶黄带,唇瓣白色而具红点,花与叶皆较兰而淡。正因为兰与蕙外形习性皆颇相似,故常将二者并称,如"蕙兰消碧滋""蕙兰无端先老""斜舣蕙兰汀渚"之句。但是,因为兰难养而蕙易活,所以世人多将兰蕙之别与牡丹芍药高下之分类比,认为兰尊而蕙卑。然而,张大复认为"物以稀为贵"之语纯属无稽之谈。

兰蕙外形极为相似,习性亦极相仿。兰的香气虽然韵长却是幽幽而发,蕙的香气虽不能持久却是喷薄而出,这两者同为王者之香,并无高低优劣之分,若以此论之,不过伯仲之间。但为何世人有"兰贵蕙贱"这一说法呢?张大复举了很多历史人物作为例子,指出"蕙贱而兰贵"不过为俗人之见罢了。

此文收入《闻雁斋笔谈》题作《种蕙》;收入《梅花草堂笔谈》中则题作《兰蕙》,可见张大复极珍视此文。张大复《读酒经》:"几上移蕙一本,香气浓远,举酒五酌,颓然竟醉。命儿子快读《酒经》一过,并书中郎所作《醉乡调笑引》于末。"

牡丹

晴光雨思尽态而出，砌上牡丹便有一二瓣欲吐新韵。晶然作水红宝色，浅于桃花蜡，而醇腻过之，真人工所不能肖①也。念西行当复十日，恐遂无花。然朝来已食其鲜矣。偶得句云："几回欲问催花使，上苑何如趁晓看。"

【注释】
①肖：刻画。

【赏读】
《梅花草堂笔谈》卷二另有一篇《牡丹》："洛阳人呼牡丹曰'花'，盖重之也。东坡看花吉祥寺，指为智巧便佞之物，止抑其为时眼所逐耳。今托于修竹之下，丛梢破栏而出，窘接无余。而花犹悴悴然试其本色，而不复自怜其力之尽也。智巧便佞，岂亦有时不幸耶？柳堤闲步，花气迎人，顾谓儿子一笑。"两篇构思不同，一虚一实，却都是看花。

藤花

藤花腻紫而清芬，蠖屈善丽其状，为攫、为拿、为窜、为偃、为盖、为凳，因高为幢，遇俯为虬饮。蔓衍骈罗①，所在多有，而予所见朗仲之藤溪未一二矣。李云杜言，金陵刘村有雪坡②墓，其地忽产藤，紫色而枝相纠，荫广亩许。子孙岁时展墓，不知所在，望藤罗拜而已。雪坡之裔孙所建语予，每春晏，花香闻十里。而李衷一又引太史公"予登箕山，其上盖有许由冢"③，云"盖"之言，疑之也。雪坡让镇远侯不就，后世高之，宜与许由等耶？往岁曾访藤于荐严寺，左颇森蔚，观者络绎而至。昨使吉甫侦之，叶而不花，寂无履声矣。

【注释】

①骈罗：骈比罗列。

②雪坡：即顾翰，明代画家，字维周，号雪坡道人，江都（今属江苏）人。其父顾兴祖嗣镇远侯，顾翰当袭封，但

逊让其弟。

③太史公"予登箕山，其上盖有许由冢"：见于司马迁《史记·伯夷列传》。

【赏读】

张大复曾于先人墓地"建风木轩，左松右藤"，可惜尚未完工，因占用邻地而"藤伐"。后与其弟世长"倾橐倒廪"买下邻地，建成风木轩，"而藤忽生"。由此可知，张大复爱藤之心。他还有一首《藤花下忆顾朗仲》：

藤花初落紫濛濛，忽忆藤溪啖蔗翁。

傲骨不随花落去，虬龙夜夜吼长风。

此藤花也因所写之人而被赋予了鲜明的性格。

月季花

　　海虞兴福寺有月季花一株，在僧舍前。除其地，周广可十丈许，长条骈罗如织。每月落红成阵，至隆冬寸雪，鲜丽夺目，卉中奇观也。僧能殊云，相传是赵宋①间物，春夏花蕊密于秋冬，辄有虫蚀之几半，故所得花正与秋冬等。予不识花木事，意此品必隶蔷薇，并月为季，而花特繁多。历年所如此，殆是艳雅妇人老于风尘之下，吞吐日月而得仙者耶？睨②其根株，不甚蟠郁③，而坚泽如古石。嗅之隐隐有芬芳气。将地僻山深，去人渐远，自为一篱落，独与生生之气相舒灌者乎？今日偶坐息庵，见一花吐英尺五间，嫣然欲滴，书此。

【注释】

①赵宋：即宋代，用赵宋是以区别南朝的刘宋。

②睨：斜视。

③蟠郁：盘曲起伏。

【赏读】

　　此篇写月季花。兴福寺的月季据说植于宋代。宋代舒岳祥《和正仲月季花》，有一段题注："此花以四时季月开，亦名长春。一种白色，又名月桂。陈简斋诗所谓'人间跌宕简斋老，天下风流月桂花。一壶独向丛边尽，细雨霏霏湿暮鸦'者是也。"由此可知月季花又名长春。苏轼《次韵子由月季花再生》，起句就是"幽芳本长春"，若不知长春即月季，就很难理解这一句诗了。张耒咏月季：

　　月季祇应天上物，四时荣谢色常同。

　　可怜摇落西风里，又放寒枝数点红。

　　可知，宋人赏爱月季如此。

腊梅

腊梅烂开,浮香直入楼际。小坐绮疏①下,暗想海朝庵尺许黄玉②,忽尔盈庭。故知物静则生,自然条畅。虽复敷花受敌,不能胜本根之宁息也。顷在娄东③,移植水仙一器,又得此花映带④左右,岁事⑤岂不既济⑥矣乎?

【注释】

①绮疏:指雕刻成空心花纹的窗户。《文选·陆机·赠尚书郎顾彦先诗二首之二》:"玄云拖朱阁,振风薄绮疏。"

②黄玉:本指黄色的玉饰,如《礼记·月令》:"(季夏之月)衣黄衣,服黄玉。"此处指腊梅花。

③娄东:即江苏太仓。因太仓位于娄水之东,故有娄东之称。

④映带:景物互相衬托。王羲之《兰亭集序》:"又有清流激湍,映带左右。"

⑤岁事:一年的时序。苏辙《次韵王巩元日》:"春风娜

娜还吹霰,岁事駸駸已发机。"

⑥既济:《易》卦名,离下坎上。《易》:"象曰:'水在火上,既济,君子以思患而豫防之。'"孔颖达疏:"济者,济渡之名;既者,皆尽之称。万事皆济,故以既济为名。"

【赏读】

《梅花草堂笔谈》同卷有一篇《乞梅茶帖》:"《乞梅茶帖》,顾僧孺与某往来绝笔也。帖在正月五日。十三日,某从娄东归,则僧孺死一日矣。其帖云:'病寒发热,思嗅腊梅花,意甚切。敢移之高斋,更得秋茗啜之尤佳。此二事兄必许我,不令寂寞也。雨雪不止,将无上元后把臂耶?'此帖字画遒劲,不类病时作。人生奄忽如此,何以堪之。"可知张大复所植腊梅为妙品,而友人顾僧孺去世前仍思一见之,可知二人皆是清雅爱花之人。

北亭梅花

宋广平作《梅花赋》[1],清便艳发,得南朝徐庾体[2]。皮鹿门[3]怪之,谓此老铁心石肠与赋不类,是不知梅花者。世无铁石人堪作《梅花赋》否?谭公亮北亭外有梅一株,倚窗敷花,白如拥雪。恨脚痛不能坐卧其下,时候消息于童子而已。今日奇香破窗而入,而侍者来报雨意垂垂[4],岂梅将别我乎?令桐快读宋赋酬之。梅哉,梅哉,应不恨我隔断窗前月也。

【注释】

[1]宋璟(663~737):字广平。唐玄宗开元初期著名宰相。他所创作的《梅花赋》已经失传,现在收入《全唐文》中的署名宋璟的《梅花赋》,宋元以来不断有学者指出这篇作品乃点窜宋代李纲的作品而成,当为伪托之作,现代学者亦认为这篇作品非宋璟所作。

[2]徐庾体:指南北朝时徐摛、徐陵父子与庾肩吾、庾信父子诗文作品的风格特征,主要是讲求声律、辞藻,诗文绮

艳,也称"徐庾体"。

③皮鹿门:即皮日休,晚唐诗人,曾居鹿门山,自号鹿门子,著有《皮子文薮》。与陆龟蒙齐名,世称"皮陆"。他评价宋璟《梅花赋》的话见于所作《〈桃花赋〉序》中。

④垂垂:下落貌。

【赏读】

这篇虽写北亭梅花,却从皮日休评价宋璟《梅花赋》写起。皮日休的评论见于所作《〈桃花赋〉序》中:"余尝慕宋广平之为相,贞姿劲质,刚态毅状。疑其铁肠石心,不解吐婉媚辞。然睹其文而有《梅花赋》,清便富艳,得南朝徐庾体,殊不类其为人也。后苏相公味道得而称之,广平之名遂振。呜呼!夫广平之才,未为是赋,则苏公果暇知其人哉?将广平困于穷,厄于踬,然强为是文邪?日休于文,尚矣。状花卉,体风物,非有所讽,辄抑而不发。因感广平之所作,复为《桃花赋》。"

至于宋璟的《梅花赋》很早就失传了,宋元人已经注意到世上流传的宋璟《梅花赋》实则点窜北宋李纲的作品而成。张大复《题墙东梅花》也用了宋赋皮评的典故:"一树垂垂雪,先春看几回。非关向暖故,为有信风催。对月怜孤影,循墙傍赋才。广平铁石意,偏压晓寒开。"

千叶绿梅

梅之品,萼绿^①者最,然予故未见千叶绿梅也。昨岁^②正月二十九日,遇于魏孝廉书舍之南,奇香鲜绿,英英逼人。燃灯照之,光态浮莹。时有吴生搊弹^③,沈生吹箫,李生度曲^④。予素不解饮酒,竟沉醉。今忽一年矣。寒威且转,梅萼再敷^⑤。偶想见其处,以语虞山王维烈,辄写一幅见投,命儿子挂息舫中,泼洞山岕^⑥赏之,觉香气馥馥,从壁间出。盖丁未^⑦之元日也。

【注释】

①萼绿:指绿萼梅花。梅花之一种。

②昨岁:从下文可知是明万历三十四年(1606)。

③搊(chōu)弹:指弹奏弦索乐器。

④度曲:按曲谱歌唱。张衡《西京赋》:"度曲未终,云起雪飞。"

⑤敷:开。

⑥洞山岕:岕茶之一种。岕茶为茶中上品,产自浙江长

兴县的罗岕山，故名。

⑦丁未：明万历三十五年（1607）。

【赏读】

张大复爱梅花，自家庭院树梅，有梅花草堂之称，得友朋作诗赞叹，如陈眉公："半生皂帽堪图画，一顾红绡借品题。"朱白民："爱挹仙掌露，和以玉井浆。携归当远饷，苏斋佐一觞。"（《庭梅》）此外，张大复听闻有稀有妙品，常不惜远道访赏。此篇至魏孝廉书舍之南访千叶绿梅即是一例。再如《东城小梅树》《归庵雨中观梅分杯字》《治平寺寻废院梅花》，也均是访梅诗咏。

本文开篇，张大复不言千叶绿梅，而是以萼绿梅做衬托，突出千叶绿梅的美丽及他对它的喜爱。接下来描写千叶绿梅带给他的直观感受，视觉与嗅觉相结合，使得千叶绿梅更加立体。燃灯之举更妙，既表现出他的意趣之奇妙，也表现出他对美的热爱与执着。文中将人事点窜其间，蕴含着一种淡淡的怀念与感伤。张大复借绿梅一枝一朵，添雪色三分寂寥的雅趣，携来风流，散成诗意志趣十里烟波。

老梅

老梅悴悴欲尽,尔尊移玉蝶①一株,将易之,予低徊不忍。既数日,条有勾萌②,乃植玉蝶于北侧一步许,意虽萌不悴也。今忽成荫,敷花如雪,交枝布叶,中作绿龛③。夏雨洒洒,移时不漏。予伫立良久,飘风④送湿,乃去。

【注释】

①玉蝶:指玉蝶梅,梅花中的珍品。宋许及之《玉蝴蝶花》:"玉蝶正开时,绿稠红渐稀。"可知此梅花开时,绿叶渐多。

②勾萌:句萌。草木的嫩芽。

③龛:原指小阁子,此处指梅树绿叶稠密,如小阁子。下文说"夏雨洒洒,移时不漏",亦说其叶密。

④飘风:旋风,暴风。《诗经·大雅·卷阿》:"有卷者阿,飘风自南。"

【赏读】

此情此景，与张大复《雨中残梅》诗正相仿佛：

　　凭栏凝望涕涟绵，送汝韶华又一年。
　　明岁相思人在否？早时搔首雪盈颠。
　　莫将好雨愁零落，可忆春姿谁占先。
　　瘦骨棱生宜淡扫，洗妆遥望欲真仙。

古柏

自震泽①西有普济寺，寺有古柏一株，大可数围，而屈偃②山门之上，若中断而倚者。枝叶扶疏③，菁葱蟠郁，久乃与屋相得。条皆上指，若游龙盘螭④，欲窜欲突，其势可望而尽，其槎芽⑤穿互，不可名状也。寺傍有三贤祠，亦不审为何人。壬子⑥岁曾经其下，斗风⑦不欲停止，今日又风利不可泊。夜宿东阡，稍闻，问沈千秋，土人云卧病如昨。风流萧散，人那堪五年药炉边也。

【注释】

①震泽：太湖别名。《尚书·禹贡》："三江既入，震泽底定。"

②偃：倒下，放倒。

③枝叶扶疏：形容枝叶繁茂四布，高下疏密有致。

④盘螭（chī）：盘卷的无角龙。曹植《桂之树行》："上有栖鸾，下有盘螭。"

⑤槎(chá)芽:即槎牙,亦称槎枒。形容树枝参差错杂的样子。

⑥壬子:明万历四十年(1612)。

⑦斗风:犹乘风。形容速度快。

【赏读】

本文借古柏来抒发"树犹如此,人何以堪"的感慨。东晋桓温北征,路经金城,见到自己早年在琅琊为官时所种的柳树皆已十围,遂感慨道:"树犹如此,人何以堪?""攀枝执条,泫然流涕。"这是对时间流逝、生命有限的悲叹。

南北朝名家庾信《枯树赋》亦用此典故:"桓大司马闻而叹曰:昔年种柳,依依汉南,今看摇落,凄怆江潭,树犹如此,人何以堪!"此乃借树木的荣枯来抒写人生的坎坷遭遇。自庾信将此典故写入赋中后,后代诗词作品中用典就更加常见。比如,欧阳修的《去思堂手植双柳今已成阴因而有感》:"人昔共游今孰在,树犹如此我何堪!"辛弃疾的《水龙吟·登建康赏心亭》:"可惜流年,忧愁风雨,树犹如此!倩何人、唤取红巾翠袖,揾英雄泪!"此皆是感叹世事沧桑,人生衰老之辞。

张大复由古柏而念及友人沈千秋。沈千秋事迹不甚详,张大复《与沈千秋书》:

辱慰顾，顿惬十年怀想。弟此时方抱忧戚，对兄悯悯，不知所措，毋讶小巫索莫耶。仙槎遄发，不敢以不时姓名，漫溷行色。耿耿可量。自春徂夏，想道履益复清嘉，读书谈义，何所不适？顷晤白民，知阶前玉树干宵直上，太夫人闻之，而喜可知也。世称孝养惟善与禄，于仁兄更有进焉。白民老矣，犹拥杜兰香快雪堂中，日取伊蒲为供，短讴自快。友辈或疑之，弟固知白民平生于事，但取莲花，此何碍耶？昨偶见之，觉神情洞朗，为某称述十八涧中，得闻"烟深鸟不语"之句，叹为奇绝。个时亦有飞动意，不似曩者落落漠漠也，笑笑。

秋叶

　　秋叶，纯黄者上，班衣次之，水红又次之。卉之品，百无丽于此。乃其憔悴之神，多在烂熳之际。其红，鲜以悻①微缩；其绿，腻而紫暗；其黄，特韵然无余，篱落之致殆尽，而韶华不存，岂相家②所谓色嫩者耶？老犹履霜，不安宁也。夏初，乞之朗僧，甚旱，不堪其忧。今盛敷荣③，致足抚掌，持螯拍浮④之酣十余日，岂顾问哉？

【注释】

①悻（xìng）：怨恨。
②相家：以观看气色占卜吉凶的相学家。
③敷荣：花开茂盛。
④持螯（áo）拍浮：同"持螯把酒"，形容纵酒放情，沉湎不问世事。典出《艺文类聚》引南朝宋何法盛《晋中兴书》："（毕）卓常谓人曰：'右手持酒卮，左手持蟹螯，拍浮酒池中，便足了一生。'"

【赏读】

秋叶不知何卉,或属茶叶一类植物。张大复《题鸡冠忆秋叶早死》也提到植秋叶遇旱:"一行空翠号鸡冠,巧样官妆立晓寒。何事斑衣先化蝶,教人偏作少年看。"另外,张大复另有一篇同题《秋叶》:

> 饮茶故富贵事。茶出富贵人,政不必佳。何则?矜名者不旨其味,贵耳者不知其神,严重者不适其候。冯先生有言:此事如法书、名画、玩器、美人,不得着人手。辩则辩矣,先生尝自为之,不免白水之诮,何居?今日试堵先生所贻秋叶,色香与水相发,而味不全。民穷财尽,巧伪萌生。虽有卢同、陆羽之好,此道未易恢复也。甲子春三日。

此秋叶即属于茶叶一类。

世人常道绿叶衬红花,因而爱牡丹,陶潜隐士爱菊,周敦颐雅客爱莲,到了张大复这里似乎又高出一层,他不爱花却独爱秋叶。花卉入秋,秋风的肃杀让其妍丽之色着覆秋霜之憔悴。但秋叶在这个季节,却是烂漫无比,一树暖意融融的样子,像温暖的夕阳,给世间涂抹了一层梦幻般的油彩,沉淀了几多美好的记忆。单单几个词就把这篇小品变成了一幅画,色彩上,暖而亮,充满着勃勃生气;情感上,令人倍感闲适愉悦。张大复当真是一个有趣的人,他的文章善于从细微处与平常处发现生活中独特的美,启迪我们珍惜和享受当下的美好。

试茶引

茗战,人生至适也。然其事不贫取适者,难之。壬子之岁①,梅雨既足,予方诣王先生署,语予曰:"吾北人,不知茶。吾无所取于人,以茶来者不能辞。吾所得茶凡五品,曰虎丘,曰伏龙,曰顾渚,曰涨沙,曰洞山②。史玉池谓予茶尽矣。水人供惠泉③,吾识之,可给洗沐。又有饷宝云者,中泠者,而玄中,又露盎而承天泉,得水凡四。子来,适雨,请为子放衙一试之。"予唯唯。

于是左列筐罍,右涤壶、盒、铛,洗凡数十。于是双儿爇火,石倩瀹④茗,元孚佐之。每试一品,予唯唯称善,齿牙有异,称大善。凡数进,而予不觉绝倒,齿牙间绝异也。先生曰:"嘻!茶无所遁君矣。吾所得诸品,譬之法酒,不必佳,然亦有寮吏而南人知其事者,有缙绅馈贻其人洁清不漫然者,子皆大善之。子之绝倒称善,则生于岕而洁清不漫然,为丁某者也;则非生于岕而购之岕人,以申邸中之约,为徐某者也。子岂有道乎?"予笑曰:"我有舌,吾无耳。"先生亦大笑。

今岁五月朔日,梅雨始降,楚闽风薰,水茶略备。命倩与徐筠理其事,为洞山者三,为庙后者一。严道普曰:"岕之山盖有土神庙,云其后四周不盈亩,即老于山者,罕得之矣。"乃循壬子故事,次第尝之。其清芬而薄者,俞泉洞山也。香射而久乃隐隐有茶气者,朱泗滨洞山也。既清既芬,而连啜齿舌干者,龚云峰洞山也。初啜似无香醇而滑,久之甘津瀹然而香袭人者,庙后也。此贫之至适也,适久贪不可止,倩以常品进,诃之曰:"而不闻恺之噉蔗⑤耶?何得尔?"倩曰:"既雕既琢,复归于朴。"予乃大笑而卧。

【注释】

①壬子之岁:明万历四十年(1612)。

②"曰虎丘"五句:这是明代五种名贵茶叶,洞山即下文所说的岕茶。明人黄龙德《茶说》:"若吴中虎丘者上,罗岕者次之,而天池、龙井、伏龙则又次之。"

③惠泉:即惠山泉,在江苏无锡境内。

④瀹(yuè):煮。

⑤恺之噉蔗:恺之,即顾恺之,字长康。刘义庆《世说新语·排调》:"顾长康噉甘蔗,先食尾。人问所以,云:'渐至佳境。'"

【赏读】

中国饮茶的传统悠久。且不论《诗经》中的"谁谓荼苦,其甘如荠"(《诗经·邶风·谷风》)。饮茶的方式几经变化,到了明末张大复所处的时代,饮茶的艺术性已达到了登峰造极的阶段。文人雅士之间的吃茶艺术,常常围绕着四件事:一是水,二是茶,三是器,四是火。文中张大复按照品类,将茶分为五类,水分为四类,这还不包括吃茶专用的数十种茶具,以及专门伺茶的各类侍从。即便今日读来,仍觉十分精致。

什么样的茶配什么样的水,尝之如何,口感如何,在张大复那个时代是极为讲究的。懂得吃茶的人,非但吃得出每样茶的品类之异,甚至连何地所产、何时所采、制法如何一并尝得出来。彼时这一类的人才也确乎多。文震亨《长物志》中便有不少条款提到了吃茶。其讲《洗茶》云:"先以滚汤候少温洗茶,去其尘垢,以定碗盛之,俟冷点茶,则香气自发。"这便是文中"石倩瀹茗"所要做的了。《候汤》讲火候云:"缓火炙,活火煎。活火,谓炭火之有焰者……若薪火方交,水釜才炽,急取旋倾,水气未消,谓之嫩。若水逾十沸,汤已失性,谓之老,皆不能发茶香。"此或可与文中"双儿热火"对应来看:煮茶所用之火,急了缓了,早了晚了都不行,非得等到"奔腾溅沫"的三沸时放入茶叶，才能得茶香；故虽有专人烧火，还要有"元孚佐之"。

只是清代以后，有如此闲情来吃茶的人少之又少。《红楼梦》里写"拢翠庵品茶"一回，也只有"妙玉自向风炉上扇滚了水"一句，其余煮茶之语皆无。也难怪《天咫偶闻》中说"京师士大夫无知茶者"了。

茶说

天下之性,未有淫①于茶者也,虽然,未有贞②于茶者也。水泉之味,华香之质,酒瓿、米楼、油盎、醯③罋、酱罂④之属。茶入之,辄肖其物,而滑贾奸⑤之马腹,破其革而取之,行万余里,以售之山栖卉服之穷酋,而去其膻薰臊结癨⑥膈烦心之宿疾,如振黄叶。盖天下之大淫,而大贞出焉。世人品茶而不味其性,爱山水而不会其情,读书而不得其意,学佛而不破其宗,好色而不饮其韵。甚矣,夫世人之不善淫也。顾邃之怪茶味之不全,为作《茶说》,就月而书之。是夕船过鲁桥,月色水容,风情野态,茶烟树影,笛韵歌魂,种种逼人死矣。

【注释】

①淫:沉迷,迷乱。
②贞:有节操。
③醯(xī):醋。

④罂（yīng）：古代大腹小口的瓦器。
⑤奸：犯法作乱。此处指走私茶叶。
⑥瀎（chì）：不调和。

【赏读】

　　此篇以茶写禅悟。顾邃之亦见于《济上看月记》，此篇可能与《济上看月记》作于同时。张大复说："梅花方开，新酿方熟，河豚方出水，是一时绝新光景。花之有兰，果之有橄榄，书之有《离骚》，亦是从来绝异滋味。若夫花之光、水之色、岕茶之气，世界都空，无所着其耳目口鼻矣。"（《戏书》）也是妙悟之味。

试茶

　　茶性必发于水。八分之茶，遇水十分，茶亦十分矣。八分之水，试茶十分，茶只八分耳。贫人不易致茶，尤难得水。欧文忠公①之故人有馈中泠泉②者，公讶曰："某故贫士，何得致此奇贶③？"其人谦谢，不解所谓。公熟视所馈器，徐曰："然则水味尽矣。盖泉冽性驶，非肩以金银，未必破器而走。故曰贫士不能致此奇贶也。"然予闻中泠泉故在郭璞墓④。墓上有石穴罅，取竹作筒，钩之乃得。郭墓故当急流间，难为力矣。况必金银器而后味不走乎？贫人之不能得水亦审矣。予性蠢，拙茶与水皆无拣择，而云然者，今日试茶，聊为茶语耳。

【注释】

　　①欧文忠公：即欧阳修，字永叔，号醉翁，晚号六一居士，北宋吉州人，官至翰林学士、枢密副使、参知政事，谥号文忠。他领导了北宋诗文革新运动，王安石、苏轼等都出

其门下。

②中泠泉：在江苏镇江金山寺外。

③贶（kuàng）：赠，赐。

④郭璞墓：即郭璞的墓。郭璞，字景纯，晋朝河东闻喜（今属山西）人，当时著名的学者和诗人，著述颇丰，又以游仙诗名重当世。他也是一位方术士，有关他修仙、成仙的记载很多，他的墓也传有多处，本文指的是金山寺外的郭璞墓。

【赏读】

今人在茶道上下的功夫很大，但在水上却不怎么在意，张大复这篇小品能给今人饮茶作一借鉴。好的茶，需要好的泉水，才能激发出茶的特质。但取运泉水很难，明末清初张岱有一篇《茶史序》，记载闵汶水运惠山泉而不损坏泉水："必俟惠山人静夜分，涸其井，淘洗数次，至黎明，涓流初满，载以大瓮，藉以文石。舟非风则勿行，水体不劳，水性不熟，故与他泉特异。"但水的细微差别实难分别，识水也就比运水更难。明人袁宏道的好友丘长孺，曾封三十坛惠山泉水运回湖北。丘长孺先回，仆人载泉之舟后归。仆人恶泉水之重，将泉水倒至江中，临近家门口，装附近泉水，封好坛口。丘长孺择佳日，邀好友品尝，大家无不高兴赞叹。后来仆人内讧，道出此事真相，丘长孺大怒，撵走仆人。而众人不辨惠山，岂不可笑?袁宏道的弟弟小修,亦曾载惠山、中泠两泉之水回湖北,并各自题签以分别。但回到湖北之后,题签上的字已经模糊,无法分辨,而小修也不能分辨两泉之差别。袁宏道自称,自他任吴县县令以后,品水多了,渐能分辨各泉之别。古人品茶亦品水,今人只讲究茶叶、茶具,忽视了水,又怎能体会古人的茶道?

紫笋茶①

长兴有紫笋茶,土人取金沙泉造之,乃胜。而泉不常有,祷之然后出,事已辄涸。某性嗜茶,而不能通其说。询往来贸茶人,绝未有知泉所在者,亦不闻茶有紫笋之目。大都矜称庙后、洞山、涨沙止矣。宋有紫茸玉,岂是耶?东坡呼小龙团②,便知山谷③诸人为客,其贵重如此。自今思之,政堪与调和盐醯作伴耳。然莫须另有风味在,古人当不浪说也。炉无炭,茶与水各不见长。书此为雪士④一⑤笑。

【注释】

①紫笋茶:唐时已有盛名。白居易《夜闻贾常州崔湖州茶山境会想羡欢宴因寄此诗》:"青娥递舞应争妙,紫笋齐尝各斗新。"

②小龙团:宋代茶叶精品。以模压成龙形,故名。东坡诗中常咏小龙团,如《惠山谒钱道人,烹小龙团,登绝顶,望太湖》:"独携天上小团月,来试人间第二泉。"

③山谷：即黄庭坚，其号"山谷道人"。

④雪士：梁雪士。

⑤此处本为缺字，据古代小品文行文常用词推测此处当为"一"字，即"书此为雪士一笑"或"书此为雪士笑"。

【赏读】

此篇考证紫笋茶，犹如紫笋茶小史。与紫笋茶有关的金沙泉大概也因为当地人不知书而没有记载，这是张大复不能不遗憾的。

现实生活中无得，张大复则复归书本，他认为紫笋茶可能指的是宋代的紫茸玉，此称见之于苏东坡的记载，苏轼自不会胡编乱造，而且这个茶是苏东坡用来款待黄庭坚等贵客的。由此可见，张大复不仅嗜茶、嗜泉，还嗜古人言。然嗜古人言比嗜好某一个具体之物更为可爱、更见性情吧。

饮泉水

料理息庵，方有头绪，便拥炉静坐其中，不觉午睡昏昏也。偶闻儿子书声，心乐之。而炉间翏翏①如松风响，则茶且熟矣。三月不雨，井水若甘露，竞扃其户，而以瓴罂相遗。何来惠泉？乃厌张生之馋口，讯之家人辈，云："旧藏得惠水二器，宝云泉一器。"亟取二味品之，而令儿子快读李秃翁②《焚书》，维其极醒极健者。因忆壬寅③五月中，着屐烧灯，品泉于吴城王弘之第，自谓壬寅第一夜。今日岂减此耶？

【注释】

①翏翏：远处袭来的风声。

②李秃翁：即李贽，号卓吾，别号温陵居士，明代著名思想家，所著《焚书》《续焚书》等在晚明影响深远。

③壬寅：明万历三十年（1602）。

【赏读】

珍藏泉水，偶一品之，自为雅事。然而运泉水不易，只能偶然一饮。张大复有两篇题目均作《运水》，一则写自己买坛置水："有人运惠水于白下，而车致之句曲者。且夸于众：'明日当会茶。'车至而亡其水，主人诘之，对曰：'相公故运坛水耳，何运焉？'坐客大笑，主人怒不止。然因是以水癖特闻，拙者之功不可没也。戊申四月十五日，榜人顾三能为予买坛置水，得二十斛。喜甚，戏书所闻贻之。"一则写朋友向他借水："昨曹幼安遣讯，书尾云：'且运第二泉，六日后当还。'乃领报乞水之便，无甚于此。而某不知寄坛舡上，少可十斛。其明日，奴子以泉涸告，方悔之，然俟其归可税也。朝来索报，则又忘之矣。吾每日科头起，都无啖粥想，喘喘思茶耳。而念不及泉，此何故欤？僧孺曰：'为懒而忘之者，性也。为念不及泉而忘之者，境也。'某笑曰：'愿以性。'"

试酒

生平无酒才,而善解酒理,能以舌为权衡^①也。今夜许仲嘉出新酷^②尝客,予爱其醇滑,似不从喉间下者,盖所谓和而力,严而不猛者欤?然滑故应尔,而微少新兴。岂出厩之驹,遂无翩翩试步之性耶?张时可曰:"异美甚,恐不耐久。"时可之才,十倍余,其言如此。故曰:余能以舌为权衡者也。放饮酣甚,遂不成寐。戏命桐书之。

【注释】

①权衡:衡量,评价。
②新酷:新酒。

【赏读】

张大复多次写到自己不善饮酒,但所记饮酒之篇不少,又如《易醉》:"朝来饮酒,不满三蕉叶,彻体都醉。当由左臂作楚,神气不足以堪之邪?吾寓清署中,多卯饮,饮常五合,陶陶而已。今何为至此,吾虫臂也?被之以年,而楚若是,饮宜削耳。倩语我,风日甚新,因移席庭间,昏然便睡。闻鹊噪声,内自喜,谓可占今日疾愈也。吾衰乎?吾衰乎?壬子十月记。"《试酒》是以我衡酒,《易醉》是以酒衡我,各尽其妙。

猫

万历庚辰①，先君从济上②得一白猫，尾黑如漆，时奋五爪，声如吼，鼠辄从壁上堕，扼其吭③死，辄弃之。先君爱之特甚，家人具食，必先饲猫。即坐有重客，勿间也。既八年，而先君殁，猫伏不见者三日。既殓，敝敝然④从仓间出，伏柩左。饲之，辄哀鸣数声，终不食，凡五日死。尝戏谓猫者虎之流也，人力不能驯虎，必畜一猫，以存其武健，尚有典刑⑤焉。自此猫死，弗忍畜也。昨岁光甫弟贻一黄者，貌甚庸，然能腾空搏鼠，又能腾跃而下，追得其已逸者，亦力矣。戊申⑥五月十九日夜书。

【注释】

①万历庚辰：明万历八年（1580）。

②济上：济水之上。济水发源于河南，流经山东。《史记·乐毅列传》："举之济上。"

③吭（háng）：喉咙。

④敝敝然：疲惫之貌。

⑤尚有典刑：犹有常刑、旧法可资利用。《诗经·大雅·荡之什》："虽无老成人，尚有典刑。"
⑥戊申：明万历三十六年（1608）。

【赏读】

猫儿入诗文之中，作者或借以讽喻，或借以抒发牢骚，或存其憨态可掬，或摹其矫健勇武。由于古代的犬类皆置室外，猫儿则养于室内，故猫儿更亲近主人，兼之其安静柔顺，更得主人喜爱，写入诗文之中，也就更见其个性与灵性。尤其宋代以后，猫儿似乎成了诗人的宠儿，陆游笔下的"狸奴不执鼠，同我爱青毡"（《小室》），仅仅十个字，就点出猫儿慵懒爱睡的特点。当然，诗人笔下的猫多是骁勇之品，能令室内鼠空，如黄庭坚《谢周文之送猫儿》：

养得狸奴立战功，将军细柳有家风。

一箪未厌鱼餐薄，四壁当令鼠穴空。

罗大经《猫捕鼠》：

陋室偏遭黠鼠欺，狸奴虽小策勋奇。

扼喉莫讶无遗力，应记当年胃醉时。

都是写猫捕鼠之功的。张大复这篇短文，虽然是从黑尾白猫写起，实则是感于现在的黄猫亦能捕鼠，而白猫与其父亲的生死情谊，也暗示了黄猫与作者相伴产生的情谊。

萤

　　阵阵流萤,穿云暗度,便令小簟生凉,齐纨①欲老。杜子美"忽惊屋里琴书冷"②,真有味其言之也。一茎腐草③,编吐寒火向人,除烦解热,亦复掩星芒,骄残月,斯亦腐之至奇也,而世以所化微之。夫谁非腐化者耶?暴明空飞,不愈于褴褛④走炎驰骛⑤不止乎?庄生梦蝴蝶,盖犹有轻华之思焉。吾取流萤时一见哉,向人生冷可矣。梁简文⑥《咏萤诗》曰:"本将秋草并,今与夕风倾。腾空类星陨,拂树若花生。屏疑神火照,帘似夜珠明。逢君拾光彩,不怯⑦此身轻。"览此有余辉矣。

【注释】

　　①齐纨:此处代指团扇。汉代班婕妤诗中有:"新裂齐纨素,皎洁如霜雪。裁为合欢扇,团团似明月。"

　　②"忽惊"句:见杜甫《见萤火》中诗句:"巫山秋夜萤火飞,帘疏巧入坐人衣。忽惊屋里琴书冷,复乱檐边星

宿稀。"

③腐草：古人认为萤火虫是从腐草中生出，而其生出之时已经到了夏末。《礼记》："季夏之月，腐草为萤。"

④褦襶（nài dài）：夏日遮太阳的斗笠。

⑤走炎驰骛（wù）：此处引申为功名奔走。驰骛，也作"驰鹜"，追名逐利。

⑥梁简文：即萧纲（503～551），字世缵，小字六通，梁武帝萧衍第三子，侯景之乱中被迫登位，在位二年，被弑，追谥为简文皇帝。

⑦不怯：原诗作"不吝"。

【赏读】

古人限于科学知识，对自然界有许多错误的认识。比如他们认为萤火虫是由腐草所化。可是，这些错误的认识被文人雅士赋予浪漫的想象并诗意化，展示出一种虚渺空灵的美来。

文中张大复将庄子化蝶的典故与腐草化萤作比较，认为前者乃"轻华之思"，后者可使人"生冷"。之后，又借梁简文帝的诗《咏萤诗》，道出流萤的美好、空灵与清冷，而诗人要拾取这点清光，正见其幽趣而可爱。"览此有余辉"，这是张大复由梁简文帝之诗感受到了一点清逸的生命力。

张大复又有《萤火》一诗：

暗暗烦云萤火轻，闲烧竹叶数竿青。
遥分列宿晨星烂，近点苍苔花极明。
夏木正荣衣乍冷，书堂独夜蕊还生。
巫山佳句催诗兴，不断飘扬万古情。

此诗第七句下注："杜子美：'巫山秋夜萤火飞。'"与此篇所引"忽惊屋里琴书冷"同见于杜甫《见萤火》诗，大概小品与诗歌作于同时，同取物轻而美之意。

荔支①

闽人林白海训导②昆山，曾以新荔支见饷，名小桃红，庶几所谓壳薄瓤厚核如丁香云者。王伯钦好奇品，尝求生荔支于广中同年某，其人以蜜渍，特遣急足致之，分惠于景德寺大树斋中，肌肉真是莹白，然微有蜜韵。白香山《荔支赞序》云："一日而色变，二日而味变，四五日外，色香味尽矣。"③然则余固未尝见荔支也，吴越之间所卖荔支，多隔一年，乃出贩。凡本年者，即谓之新荔支，其味甜厚，亦自与隔年者迥绝，生荔支已矣。独好诵蔡君谟④所作《荔支谱》，如云：福州"越山，当州署之北，郁为林麓，暑雨初霁，晚日照耀，绛囊翠叶，鲜明蔽映，数里之间，焜如星火"。又云：陈紫"其树晚熟，其实广上而圆下，大可径寸有五分。香气清远，色泽鲜紫。壳薄而平，瓤厚而莹，膜如桃花红，核如丁香母。剥之凝如冰精，食之消如绛雪"。⑤岂独逸口流涎，亦双眼眩乱矣。

【注释】

①荔支：即荔枝。

②训导：明、清时期官职，是地方主管教育官员的辅佐。《明史·职官志》："府，教授一人，训导四人。州，学正一人，训导三人。县，教谕一人，训导二人。"

③"白香山"句：引文见于白居易《荔枝图序》。白香山，即白居易。

④蔡君谟：即北宋名臣、书法家蔡襄，字君谟，所作《荔枝谱》收在其文集中，全文共七篇。

⑤以上引文分别见于蔡襄《荔枝谱》第三、第二篇。"陈紫"为荔枝名品之一。

【赏读】

读罢甚觉张大复童趣未泯，他如此沉迷于荔枝，谈起来还引经据典，津津有味，光是看书里对荔枝果肉的描述，便已令人垂涎欲滴了。张大复摘取了白居易《荔枝图序》的后半段，文字略有出入，现把白居易此序前面描写荔枝的文字摘出："荔枝生巴峡间，树形团团如帷盖。叶如桂，冬青；华如橘，春荣；实如丹，夏熟。朵如蒲萄，核如枇杷，壳如红缯，膜如紫绡，瓤肉莹白如冰雪，浆液甘酸如醴酪。大略如彼，其实过之。若离本枝，一日而色变，二日而香变，三日而味变，四五日外，色香味尽去矣。"不得不说，白居易不仅善写诗，描绘起食物来，也是一等一的生动诱人，寥寥数语，色、香、形、味俱全。难怪张大复已然被荔枝迷晕了头脑。

说起荔枝在我国的历史，据《三辅黄图》记载，汉武帝时，上林苑曾从南越移植过荔枝。尽管荔枝被记载的时间相对较晚，但相关的古代文献资料已有力地证明，古代两广地区可能是我国最早种植荔枝的地方。我国最早记载荔枝的文章是《上林赋》，文中称荔枝为离枝。与荔枝有关的最有名的诗文是"一骑红尘妃子笑，无人知是荔枝来"。明清闽粤荔枝种植颇盛，很多文人写作《荔枝谱》一类的著作记载荔枝品种、特征等。一边品尝荔枝，一边阅读与荔枝相关的诗文笔记，吃而不昧，自是一乐。

葡萄

魏文帝示群臣诏云："中国珍果甚多，葡萄当其末夏涉秋，尚有余暑，醉酒宿醒①，掩露而食，甘而不饴②，脆而不酸，冷而不寒，味长汁多，除烦解渴。又酿以为酒，甘于曲糵，善醉而易醒，道之固已流涎咽唾，况亲食之耶？他方之果，宁有匹者？"③故帝赋荔支，有西域葡萄之比。④说者谓当时南北断隔，所拟出于传闻，要非的论，此殆不然。天壤间，果木之奇，各自第一，正不相掩，如大宛之葡萄，闽广之荔支，吴越之杨梅，譬之元方兄弟，岂容伯仲耶？向寓长安，过前门，见葡萄一株，紫实累累，亟告之舍主人，觅而得之，凡渴时常食百十枚，喉吻欲仙，信魏文之论不虚耳。江南葡萄厚壳硬实，盖昔人所谓系水土之气，总是西来种耳。王孟夙尝与家世长，以意酿葡萄酒，二日后发之，大败，竟藏去其汁不复言。余闻之笑曰：大宛富人，藏葡萄酒，至万余石，久者数十年，不败，岂其然耶？孟夙掀髯绝倒。

【注释】

①宿酲：即宿醉。

②餪（yuàn）：饱，厌腻。

③魏文帝：即曹丕。下面引文乃张大复节抄自曹丕《与吴监书》，个别文字略有改动。

④"故帝"二句：指曹丕《与群臣诏》："南方（有）龙眼、荔枝，宁比西国葡萄、石蜜乎？"荔支即荔枝。

【赏读】

说起葡萄在我国的历史，一般认为葡萄是汉武帝时期张骞出使西域引入中国的。随后，我国开始种植葡萄。到了西汉时期，古人已经掌握了用葡萄酿酒的技术。通过这些历史记载可以看出，至张大复所处的晚明时期，种植葡萄、酿造葡萄酒早已成为一种很常见的事情了，人们对于葡萄的美味也早已是一清二楚了。

正如张大复文中所言，葡萄果实甜美可人，累累垂垂，晶莹剔透，深受人们的喜爱；尤其是葡萄酒，既可以解渴提神，又可以长期储存，一经面世，立刻风靡各阶层，引起不少文人墨客纷纷写诗赞叹。如三国曹丕之言，已见张大复文中所引。再如，西晋的陆机在《饮酒乐》中写："蒲萄四时芳醇，琉璃千钟旧宾。"南北朝的庾信在《燕歌行》中作："蒲桃一杯千日醉，无事九转学神仙。"关于葡萄酒，最广为人知的是王翰的《凉州词》："葡萄美酒夜光杯，欲饮琵琶马上催。"

本文从葡萄写到酿葡萄酒，最后以风流趣人王孟夙与张大复之弟酿酒趣事结尾，显得诙谐有趣，烟火味十足。王孟夙本走仕途，张大复称赞他："识性高达，不乐尘鞅，敝屣一官，决然舍去，斯亦近来绝特之行矣。"（《住心》）

食橘

橘之品,出衢、福^①二地者上,衢以味胜,福以色、香胜,衢味与口相习,所谓温温恭人,亲之忘倦者也。福产稍露尊重,如远方贵客,结驷联骑,令人迎承不暇。洞庭有张生者,尝贶^②予角柑四颗,甘脆异常,然是一丘一壑之秀,物外逍遥者耳。世长怀福橘相遗,剖而甘之,书此。

【注释】

①衢、福:衢州,今属浙江;福州,今属福建。
②贶:赠,赐。

【赏读】

衢橘味美,若温温恭人,如集于木,亲之忘倦,能足口腹之欲。北魏郦道元在《水经注》中记衢州景,"夹岸绿溪,悉生支竹及芳枳、木莲,杂以霜橘、金橙"。卢之颐《本草乘雅半偈》也有记:"近衢州航埠,沿溪三十里，夹岸树橘，花期香雪弥空，果熟金星缀碧。"可见对衢橘的称颂，大约流传已久。关于福橘，李渔《福橘赋》小序中称："橘莫佳于福州，故世称'福橘'。人谓'福'之为言近乎俗，请以'闽'字易之；予谓古有雅人韵士，而故俗其名者，名以人重，人不以名重也。"《福橘赋》中称赞福橘："不惟可口，兼能悦目，肤比良金，肌同软玉。""味同芳芷，气若幽兰。"前人所记，各见优长，难为甲乙。

西瓜

夏秋间多病肺热，沃以瓜液，则顿然而消。昨在练川，问瓜于栅桥，色味淡恶，不及常品。某怪之，疑其非种。土人曰："不然，直是土变耳。今其派在黄庆。"出练川之北城门五里，曰黄庆也。往购之，亦不佳。连啜数十，座皆曰："黄庆皆无故栅桥者。"既抵舍，晋长倩见贶数颗，稍甘。令奴子索之玄明村，甘而脆矣。吾乡土故得不变耶？有问邵平瓜当何所似，某唊不彻，又问，曰："如后妃葛①，如九畹兰②，如东篱菊③，如天随蟹④，如小龙团茶⑤，如筼筜谷笋⑥。"

【注释】

①后妃葛：典出《诗经·葛覃》，该诗写后妃勤俭节约，《毛诗序》说："后妃之本也。"

②九畹兰：典出屈原《离骚》："余既滋兰之九畹兮，又树蕙之百亩。"王逸注："十二亩曰畹，或曰田之长为畹也。"

③东篱菊：典出陶渊明《饮酒》："采菊东篱下，悠然见南山。"

④天随蟹：不知源自何典。李壁诗："伴人寂寞为鹏客，登俎横斜有蟹奴。便学天随君信否，夜来春涨欲平湖。"

⑤小龙团茶：即龙形茶饼。苏轼《荔支叹》自注："大小龙茶始于丁晋公，而成于蔡君谟。欧阳永叔闻君谟进小龙团，惊叹曰：君谟士人也，何至作此事！"

⑥筼筜谷笋：筼筜谷为宋代文同私家园林一景，景中以竹为主。苏轼诗："汉川修竹贱如蓬，斤斧何曾赦箨龙。料得清贫馋太守，渭滨千亩在胸中。"

【赏读】

这一篇是说吃西瓜。据清代赵翼考证，五代时西瓜已经传入中原，南宋时，西瓜种植已经非常普遍。方一夔《食西瓜》：

> 恨无纤手削驼峰，醉嚼寒瓜一百筒。半岭花衫粘唾碧，一痕丹血掐肤红。香浮笑语牙生水，凉入衣襟骨有风。从此安心师老圃，青门何处问穷通。

写的是夏日吃西瓜，仿佛在牙齿间生出水来，而下咽之后，一股清凉之气由内而外，如风彻骨。但在张大复笔下，邵平瓜不但能解暑，还是风雅之物，穷尽文人妙思。

食笋

冻笋出土中,味醇而滑,肥而不滓①,盖所谓纯气之守也。入春未十日,而笋理苏硬,食后犹存齿颊间。岂化之漓也,出胎稚子便解触忌乎?书此一笑。

【注释】
①滓:渣子。意谓笋里有硬质的地方,吃起来不够脆或滑腻。

【赏读】
笋是古代的佳蔬。唐诗里已经有了笋羹之说,白居易诗中亦有"炮笋烹鱼饱飨后,拥袍枕臂醉眠时",不知道是何种做法。白居易另一首《食笋》诗,则是说到了早春,农夫抱着笋到城市里卖,"物以多为贱,双钱易一束。置之炊甑中,与饭同时熟。紫箨坼故锦,素肌擘新玉。每日遂加餐,经时不思肉"。这里提到的"甑",是一种蒸具。关于吃笋,明末清初的李渔写得最是风趣动人。他说笋要吃新鲜的，城市里的笋，"任尔芳鲜，终是笋之剩义"，又说煮笋"素宜白水，荤用肥猪"。理由是："肥非欲其腻也，肉之肥者能甘，甘味入笋，则不见其甘，但觉其鲜之至也。"张大复所谓"滑""肥"与李渔真是"英雄所见略同"，可见他亦是知笋者。

鲥鱼[①]

渔子漾舟江中,网鲥鱼。甲光向日如银,泼泼耀水上。一鳞伤损,即浮幸脱逃,不复活。吾闻孔雀被网,必自殒其金翠,不使流落人间。鲥鱼爱鳞,当犹孔雀爱羽耶?

【注释】
①鲥(shí)鱼:背黑绿色,鳞下多脂肪,是名贵的食用鱼。

【赏读】
鲥鱼为文人所赏,大概始于宋代,而至明代大盛。北宋著名诗人梅尧臣有绝句《时鱼》:
　　四月时鱼逴浪花,渔舟出没浪为家。
　　甘肥不入罟师口,一把铜钱趁桨牙。
这里的"时鱼"与"鲥鱼"相同。此言吃鲥鱼最好的季节当为四月,渔人逐浪花而捕鱼。词人贺铸也有《食鲥鱼》诗,其所作词中亦有一句"苦笋鲥鱼乡味美,梦江南",美味与乡愁相合,妙绝。张大复则写了另一种"鲥鱼",美鳞损坏不复活的完美主义者——鲥鱼。

董解元《西厢》

董解元《西厢》，吴中百年前罕全本，文寿承家得之西山汪氏，首尾俱缺。其后，何拓湖得完书于杨南峰。而三吴好事者皆著一编矣。又数十年，袁石公①为吴令，酷嗜之，称为几上之书，而此谱益著。海虞严伯梁索周氏全集，付之剞劂②。然急于成书，疏于考订，未为善本，识者憾之。予尝见顾明卿手写一册，字画遒楷，圈识截然，云录之冯嗣宗③家，今不知所在。顾全书既出，缮写不难，惜乎世未有传其法者。先君云：予发未燥时，曾见之卢兵部许一人援弦，数十人合坐，分诸色目而递歌之，谓之磨唱。卢氏盛歌舞，然一见后，未有继者。赵长白云："一人自唱，非也。"天雨，无为于室，偶与李季鹰、梁雪士谈，因纪其事。

【注释】

①袁石公：即袁宏道，"公安三袁"之一，晚明性灵派

代表,曾任吴县县令。

②剞劂(jī jué):雕版刊印。

③冯嗣宗:即冯复京,字嗣宗,冯舒之父。钱谦益作有《冯嗣宗墓志铭》。

【赏读】

董解元是金代作家,他的生平已难考知。董解元所作的《西厢》是诸宫调,这是一种说唱艺术形式,类似于后来的弹词和鼓书,从表演形式上看,与戏曲有着很大的区别。《西厢》故事源自唐代元稹的文言小说《莺莺传》,讲述的是借住普救寺的张生与崔莺莺相识相恋,但结局张生抛弃了崔莺莺,还以尤物之名为自己开脱的故事。董解元《西厢记诸宫调》在张生与崔莺莺故事发展上是一个重要转折,作者将这个故事改成了张生与崔莺莺经过波折最终大团圆的结局。《西厢记》以元代王实甫所作的五本杂剧最负盛名。元末明初贾仲明已盛称"《西厢记》,天下夺魁"。万历间文坛盟主王世贞则推《西厢记》为"北曲压卷",而李贽则以"化工"视《西厢》。董解元《西厢记诸宫调》其实是借王实甫《西厢记》的东风而火的。

卷三 清景

草生木长,
闲如坐卧。
人在月下,
亦尝忘我之为我也。

济上看月记

己亥①五月十二日夜,舟次②济宁,夹岸皆杨柳,月挂柳端,万里空碧,予与邃之徙倚纱窗下,戒童子不张烛,命乐工操长笛奏之,其声欲沉欲浮,欲飞欲止,因忆宋人词云:"虚栏转月,余韵尚悠扬",则宛如目前光景,若另在一世界者。是时月光如昼,风气如秋,浓阴如幕,山色如黛③如烟,村犬如豹,橹声滑滑如江南,水味如虎丘,茶烟如缕,童子鼻息如雷。吾两人俊语如河决海立,万珠喷薄,幽语如鬼。邃之故不善谈,尔时目开心豁,意思活活欲舞。予谓邃之:"此景不应虚掷。"

予自吴之燕,自燕归吴,游殆四月,所过不下七千余里,其会心者惟今夕与前者涿州道上耳。过涿州之日,檐声潺潺,拥衾愁卧,时闻钟磬声,或曰:此碧霞宫④香客也。往觇⑤之,市上士女骈集,予马几不得行,亟出市门外,则叠骑联鞍,结束妖丽,每百十人为一聚,持幡、捧炉、鸣金、击柝,以万万计,而道旁巫师、佛媪、乞儿、歌郎、哑女、挛子⑥，献天堂希有之福利，以祈半菽⑦者，鼠窜猬起，多于黄土之茅。一带幽香阵阵，扑人鼻孔间。麦风毛雨，寒沁肌骨，遂舍舆走沙上，忘其身之为我也。因作二诗问之，恨下语酸薄，如学究设席，不堪咀嚼耳。书馆清闲，尝令邃之书扇头，将以遗顾僧儒，不果。

【注释】

①己亥：明万历二十七年（1599）。

②次：行旅住宿之处所。

③黛：青黑色。

④碧霞宫："天仙玉女碧霞元君"的神庙，俗称"奶奶庙"，每年农历四月十八为碧霞元君圣诞，各地碧霞宫都要举行隆重庆典。此篇所写当为碧霞元君圣诞日景况，是不可多得的民俗材料。

⑤觇：窥视，观察。

⑥挛（luán）子：手脚有疾的人。挛，手脚蜷曲不能伸开。

⑦半菽：很少的东西。

【赏读】

此文写月。邃之为顾邃之，生平事迹未详，张大复另在《茶说》篇中提及与此人同游。文中所引宋人词实出自苏轼《满庭芳》：

> 香叆雕盘，寒生冰箸，画堂别是风光。主人情重，开宴出红妆。腻玉圆搓素颈，藕丝嫩、新织仙裳。双歌罢，虚檐转月，余韵尚悠飏。　　人间，何处有，司空见惯，应谓寻常。坐中有狂客，恼乱愁肠。报道金钗坠也，十指露、春笋纤长。亲曾见，全胜宋玉，想像赋《高唐》。

文字略有差异。张大复精熟苏轼作品，信手拈来二句，写尽眼前光景。

月能移世界

邵茂齐有言,天上月色能移世界。果然。故夫山石泉涧,梵刹园亭,屋庐竹树,种种常见之物,月照之则深,蒙之则净;金碧之彩,披之则醇;惨悴之容,承之则奇。浅深浓淡之色,按之望之,则屡易而不可了。以至河山大地,邈若皇古①。犬吠松涛,远于岩谷。草生木长,闲如坐卧。人在月下,亦尝忘我之为我也。今夜严叔向置酒破山僧舍,起步庭中,幽华可爱。旦视之,酱盎②纷然,瓦石布地而已。戏书此,以信茂齐之语。时十月十六日,万历丙午三十四年也。同游者,朱白民、邵茂齐、顾僧孺、茂齐之弟仲范、严叔向、沈云父、予子桐、侄樌。

【注释】

①皇古:即远古三皇之时。三皇之名,见于先秦典籍,但未说明三皇都是何人。《大戴礼》《史记》均称五帝,不言三皇。据清人赵翼考证,秦代博士奏议称天皇、地皇、人皇

为三皇，孔安国以伏羲、神农、黄帝为三皇，郑康成以伏羲、女娲、神农为三皇，前人说法并不一致。

②酱盎：装酱的容器。

【赏读】

体会月下世界，是明清之际文人的乐趣之一。张潮《幽梦影》中也写道："镜中之影，着色人物也；月下之影，写意人物也；镜中之影，钩边画也；月下之影，没骨画也；月中山河之影，天文中地理也；水中星月之象，地理中天文也。"意思与张大复这篇小品的主旨大致相同，甚至可以说是张大复小品的注脚。两者的区别是，张大复写得更具体，山泉古刹，一件一件细说其月下之态；而张潮则将这些月下的光景抽象成绘画技术上的一种譬喻，让人更容易感受到月下的风景特征。

所谓月能移世界，指月光能改变我们对世界的感受。日光之下，世界的色彩、形状、美丑，清晰可辨；但将这些色彩、形状、美丑，置之于月光之下，则都会被月色所改变，或深、或浅、或净、或醇、或奇。盖而言之，一切光怪陆离的世界，在月色之下，都被抚平了。没有高低贵贱，也没有丑陋与美好。人们在月色之下，可以暂时忘却现实，忘却纷繁俗事，沉醉在清光之下。

感受月色下的世界，是一种修禅，更是一个忘我的过程。古人常常歌咏月色下的修禅，杜牧的"夜深月色当禅处，斋后钟声到讲时"，本是赠给惟真上人的诗句，诗中的月色恰好表现的是上人修禅时的妙处，那么，这一妙处，也当是由"空"体会而得出的。古人在修禅之时，并不会苦苦执着于"空"，也不会执着于"悟"，更不会执着于像现在心灵鸡汤一样的禅宗语录，他们对佛教的理解，往往不是"果"，而是过程。因此，修禅时既需要体会，也需要境界，人要在一定的环境之中，辅助自己体悟到禅悦。月色无疑创造了这样的幽静环境，而月色下的世界，又使人忘记了我之为我，自然是最好的进入到禅境的状态了。

江上小香山梅花堂记

自澄江之东关,折而行三十里,曰香山①。又西南折,为兹山之分垅者,曰小香山。故有吴三妃采香处②,其上巨石林立,蜿蜒绵亘,俯瞰陵麓,陂池泱漭③,映带左右。令人应接不暇者,则予友徐长卿④之梅花堂在焉。

长卿赋性翛远⑤,不肯刺蹩⑥人间。一日,过予草堂,抚疏梅而睇⑦赏,却立久之。顾视堂中所龛子瞻像,笑曰:"夫其有前符耶?"予亟问故。长卿曰:"昔昔构堂于小香山,义取梅花,盖决之学士书额云。"予促问书额云何?长卿曰:"吾堂饶山骨,吾故就其屏,而列者削为址焉,深为池焉,仰睇盘石,其质三寻⑧耳。而奋迅踊跃,始觉有数十仞之势。吾故饶梅癖,而玉垒层叠其上,瓣萼参横,不觉其与心会也,盖有暗香浮动⑨之感焉。而友人适有贶⑩斯品者,予特因而广之。今计吾堂着图书所,前后为松桧者十之三,为竹木卉草药茶者十之二,而为梅者十之五,梅之观于斯略具已,其明年得学士额于妇翁邓济川先生,飞扬璀璨,雅与堂称。梅花之义,所以有取尔也。"

予笑曰:"子顾予草堂,适凫子瞻像。子瞻命之矣,请为子记之。"长卿辴然曰:"固也。堂故以石胜,今以梅胜。每岁敷花⑪时,觉上下凹凸间,烂烂如积雪,观止矣。吾堂质无丹垩⑫绚采之贲⑬。轩于堂后者,曰浣石。列于石者,曰平台。斋于下者,曰草亭。若廊若房者,各一焉,止耳。计吾堂之在小香山,亦犹畾⑭孔之在大泽也。顾安所辱学士书而称之?"

予曰:"昔学士薄游许下⑮,建梅花堂于州治之北,手书兹额,云章烂然。此天下所共惊睹,希一遘焉,不可得,夫谁使不胫而走于采香之故址乎?人物会合焉,可诬哉!吾庐托于嚣杂之乡,局蹐两株,曾不得十步,且欲附子瞻像与俱,而又何疑于君家之斯堂也。大地名园,如河阳之金谷⑯,赞皇之平泉⑰,惟其人之有力,兴与境合,辄得之。然终不能久传于世,故必力与名称,其人真足不朽,则虽穷落灌莽之中,一时供吾搜剔,悦吾睹记,若西蜀之亭⑱,南阳之庐⑲,许下之额,世传宝之,永永勿替,乃可喜耳。且吾闻长卿之卜壤兹山也,望桃花涧之瀑流,心悦之,乃与客穷其辞楼下殿之处,因以其旁筑室,而游衍焉。然则江山豁达之观,不独子瞻命之,天赐之矣。"是为记。

【注释】

①香山：位于江苏江阴市东北二十三里，因县界调整，大部分划给张家港市。香山有大小香山之分，两山相接处形成石门，称石虎门，石虎门东有小峰突出者，称小香山。

②吴三妃采香处：见范成大《吴郡志》："（采香径）在香山之傍，小溪也。吴王种香于香山，使美人泛舟于溪以采香。今自灵岩山望之，一水直如矢，故俗又名一箭泾。"

③泱漭（yāng mǎng）：广大，浩瀚。

④徐长卿：即徐霞客族兄徐应霞（生卒年不详），字长卿，号雷门，曾任兵马指挥使，清兵南下，死于巷战。

⑤翛（xiāo）远：超脱貌。

⑥刺蹙（cù）：庸碌繁忙貌。李白《古风》其四十："凤饥不啄粟，所食唯琅玕。焉能与群鸡，刺蹙争一餐？"

⑦睇（dì）：注视。

⑧寻：古代长度单位，八尺为一寻。

⑨暗香浮动：指梅花香气流动。出自林逋诗句："疏影横斜水清浅，暗香浮动月黄昏。"

⑩贶（kuàng）：赠，赐。

⑪敷花：开花。

⑫丹垩（è）：涂红刷白，泛指油漆粉刷。垩，一种白色土。

⑬贲（bì）：文饰。

⑭罍（léi）：古代一种藤制的筐子。

⑮许下：今河南许昌。

⑯金谷：晋石崇于金谷涧中所筑的园馆，世称"金谷园"，故址在今河南洛阳市东北。

⑰平泉：唐代李德裕的居所，位于今河南洛阳南。唐康骈《剧谈录·李相国宅》："平泉庄去洛城三十里，卉木台榭，若造仙府。"

⑱西蜀之亭：在四川绵阳，相传为西汉扬雄读书处，扬雄字子云，又称"子云亭"。刘禹锡《陋室铭》有"西蜀子云亭"之句。

⑲南阳之庐：诸葛亮隐居南阳时的草庐，刘禹锡《陋室铭》有"南阳诸葛庐"之句。

【赏读】

张大复与徐应霞喜欢梅花，都与苏轼的影响有关，张大复为小香山梅花堂作记，强调这种文化承续与文人自得之趣。徐霞客《题小香山梅花堂诗五首（有序）》之序文亦是一篇小品文，可与张大复之作对读，其序文：

予兄雷门，结庐种梅小香山，山以吴妃采香名也。千年迹冷荒丘，一旦香生群玉，不特花香、境香，梦亦香，可谓不负此山矣。堂颜为坡仙笔。坡仙爱梅花以名堂，予兄借坡笔以酬梅，可谓不负此花矣。堂后削石为壁，刓石为池，面石为轩，中供绣大士，旁设榻几以憩客。月隐崖端，则暗香浮动；风生波面，则泛玉参差；其近景之妙也。堂前凭空揽翠，岫树江云，罗列献奇，帆影樽前，墟烟镜里，阴晴之态互殊，晨夕之观夐别；其远景之妙也。可谓不负此堂矣。予来时倏雨倏晴。予兄课仆移竹前村，乘月种之；中夜寒甚，各拥褥浮白而观。觞政锄声，互相磊落，孤山咏里，罗浮梦中，未见此豪致也，可谓不负此游矣。予与兄同有山癖。予之汗漫，无所取裁，兄以一丘一壑过之，且筑圹于侧，与山缔生死盟，必如予兄而后为不负此癖也。行吟之余，忘其芜鄙，敬列如左，以当山中蛙鼓云。

两相比较，徐霞客热爱山水之奇，遍访名胜，小品可谓繁词丽句，绘画山水，而张大复则近于自然矣。

桦桦①阁记

今世创立之事不胜纪，必观其人；人情取类之奇不胜纪，必考其行。故有其事卓然，依附名教，不可磨灭，方当与河山相映带，而后无述者，则其取义不可以训，而人不足存故也。大江之南，山川秀发，耳目豁达之观，无如润州②。迹其后先所创胜概名园，岂不焜耀一时？然多在苍烟暮霭间，若存若灭。而子瞻之竹院③，米氏之山庵④，将与北固、金、焦⑤，相依不朽，甚矣，其人之难也。

夫其人者，修其行者也。往游润州，与诸贤相昕夕。其人美而愿，朴而不枝，故尝欣然乐之，忘其身之在润也。已得何继充氏，遂遍游其父子兄弟间，盖爽然自失云。夫人生可久之绪要，必以孝弟为本始，则岂不人人知之，而其几微透露之间，忘与不忘，迥然自别，故曰：知美之为美，斯不美已。故夫田氏之荆⑥，其事鄙，张公艺之忍⑦，其道不忘。今夫何氏居不异庐。食不异味，宾客不异主，出不异舆马。其人也，灶不异薪，产不异财，鸡犬不异食，斯不亦忘之至、和之极哉！即润州多孝弟之家，如何氏未数数已，而今又得观其所为韡韡阁者，子侄不异几，书不异籍，床笫不异帏，心手不异美，盖忘之极而太和生焉，山川之奇出焉。其耳目豁达之观，于古今人传不传，又何如也？谢太傅⑧携子侄登东山，不计所出，然每言吾常自教儿，差足以破田氏之鄙。裴叔则⑨营新第，床帐俨然，轩榥疏朗，知其兄欲之，然后推以相与。此其心已无所忍，而比于何氏之忘，则有间矣。今夫继充氏，其气徐徐，其词闲闲，其施于人也，劳而不伐，有功而不德，方将以山中相业，永人间父子兄弟之游。予请据石头，高歌"鄂不韡韡"之章，江流有声，四山答响，不识继充许之否？

阁凡三楹，在居第之左，前植丛桂古杏，含桃来禽之属，盆花砌草，点缀不群，不具载。题额者，茂苑陈元素，予友也。继充之子若侄，曰元石、元亮，故是眉山⑩、襄阳⑪后辈人。试以予言质之。嗟乎！何氏之韡韡，吾观其行，吾见其人矣。

【注释】

①韡韡（wěi wěi）：光明华美貌。出自《诗经·小雅·常棣》："常棣之华，鄂不韡韡。"

②润州:隋开皇十五年(595)置,治所在今江苏镇江。

③子瞻之竹院:在今江苏镇江黄鹤山下,东晋建有竹林寺,后改名为鹤林寺,寺之东偏为苏轼之竹院。见清代方苞《重建润州鹤林寺记》。

④米氏之山庵:疑为米芾墓,米芾墓在黄鹤山。清代方苞《重建润州鹤林寺记》:"时游金、焦、北固,寻苏子瞻、米南宫遗迹,得彻机上人于黄鹤寺故址,荒原破屋中。"

⑤北固、金、焦:分别为江苏镇江东北的北固山,镇江西北的金山,镇江东北九里的焦山。

⑥田氏之荆:即田真兄弟分财产故事,见于吴均《续奇谐记·紫荆树》:田氏兄弟欲平分财产,计划次日将堂前紫荆树分成三部分,明日大树枯死,兄弟相感,不复分树,树重新繁茂,兄弟重合家产,遂为孝门。此故事在古代流传甚广,冯梦龙《醒世恒言·三孝廉让产立高名》即此故事。

⑦张公艺之忍:张公艺以忍治家的故事。据《旧唐书·孝友列传》:"郓州寿张人张公艺,九代同居……贞观中,特敕吏加旌表。麟德中,高宗有事泰山,路过郓州,亲幸其宅,问其义由。其人请纸笔,但书百余'忍'字。高宗为之流涕,赐以缣帛。"

⑧谢太傅:即东晋名士谢安,谢安隐居东山期间,曾举办家庭聚会,为子女侄辈讲解诗文。谢安去世后,赠太傅,故人称"谢太傅"。

⑨裴叔则:即西晋裴楷,字叔则。据《晋书·裴楷传》:

"(裴楷)尝营别宅,其从兄衍见而悦之,即以宅与衍。"

⑩眉山:即苏轼,眉州眉山(今属四川)人,故人称其"眉山",此与上文的"子瞻之竹院"相照应。

⑪襄阳:即米芾,祖籍山西太原,后徙襄阳,故有"米襄阳"之称,此与上文的"米氏之山庵"相照应。

【赏读】

这篇小品写兄弟之情。骅骅,来自《诗经·常棣》,诗序说:"《常棣》,燕兄弟也。闵管、蔡之失道,故作《常棣》焉。"周初,管叔、蔡叔作乱,周公征伐,管叔、蔡叔被诛。管叔、蔡叔与周公为兄弟,因此周公为此事伤感,而召公作此诗,敦睦兄弟之亲。诗以"常棣之华,鄂不骅骅"起兴,前人说这二句比喻弟以敬事兄,兄以荣覆弟,从而引出下面两句"凡今之人,莫如兄弟"。"骅骅阁"命名正与兄弟之情有关。

张大复在文中举了不少例子,像田氏之荆、张公艺之忍等,都是与这种兄弟和睦同居一处有关。中国古代宗族制看似严密,但实际却漏洞百出,这类倡导兄弟和睦的故事,正是大多数兄弟不和的相反镜像。孔颖达注解《常棣》说:"兄弟者,共父之亲。推而广之,同姓宗族皆是也",甚至"则远及九族宗亲",要维系和睦是很难的。

张大复的时代流行一部戏剧《杀狗记》，讲主人公孙华与市井无赖结交，将弟弟孙荣逐出家门。孙华之妻杨氏屡劝不听，遂杀一犬，包裹后置于家门口，孙华以为人尸，请朋友协助埋尸，朋友不允且去告官。孙华只得求弟弟孙荣协助埋尸，案发后孙荣自认杀人，舍命救兄。最后杨氏说明原委，兄弟和睦。这部戏剧说明在张大复时代，提倡兄弟和睦自上到下是一样的，也说明了兄弟失和可能较为普遍，张大复所说"润州多孝弟之家，如何氏未数数已"正透露了这一消息。

旃檀①室记

入海宁寺②，历阶而右为涵公房精舍。涉讲堂又折而左，长廊窅窱③，可百武④许。又西折为静室，中龛紫金像，庄严妙丽，光明耀人。眉宇左为旃檀室，凡二楹：其一广方丈，而嬴公与其徒处三叠跖⑤居学于此；其一函经置榻，焦团茶灶外无长物。又即其处，架木为小阁，题曰"邻虚"，皆涵公所建也。

先是，予尝至止斯室。尽长廊之南，有古桂一株，时秋风飘粟，芳馨袭人，常许涵公为之记，因循不果。今年冬初，偶携孙子安淳再游其地，公饭予旃檀之室。予谓公此室严净，毋轻蹴踏耶？公笑，许我当不破戒。谈笑间起居古桂，曰："花无恙。"而顾视前除⑥，有木郁然，香追叶坠，则公所植乳柑，既敷荣⑦，落其实矣。予犹忆许作记时，此木尺有咫，转盼十年，遂尔苍蔚。顾视头丝，何疑如许？

既别，稍问安淳，涵公宿饶风义，歌吟不辍，眉间常烨烨有光气，于今何如？淳曰："彼上人者，如那伽在定时，独两颐嗋嗋，固不知其所持何义？"已问其侍者，云："长老持律如仪，独君苗之砚，未便烧却耳⑧。"

当是时，予以事信宿其旁舍，尝深夜叩同舍生，路有经由，窃窃听公与三哀声礼忏，令人心热意消，百愧交集。因念旃檀密义见《首楞严》⑨，佛言：燃檀铢许，香闻四十里，满室罗筏城⑩故。尝蠡测佛智，此非戏论，当是甚深微妙秘密第一义，何者？古德有言，一一针孔，有无量世界，满中众生，针孔线蹊，悉为世界。夫如是，何独于旃檀香，仅闻四十里，满室罗筏城，不外摄乎？且非独于此，昔如来成道，后省毋忉利天优阗王愿见，无从为刻旃檀像供奉彼国，其后如来还宫，道经其地，像与优阗君臣共迎佛祖。然则旃檀是佛，亦何止香闻四十里而已也。传云：三界惟心。我观旃檀，盖有心义云。吾曩者经由其室，闻哀声而心热、意消、愧集，乃不知五浊⑪色身⑫，迩时已在室罗筏城也夫。他日还叩庭树问之，是为记。

【注释】

①旃（zhān）檀：原指檀香，此处为室名。

②海宁寺：遗址位于江苏太仓弇山园内。

③窈窕（yǎo tiǎo）：深远貌。

④武:半步。泛指脚步。

⑤叠跖(zhí):叠脚,形容居室之小。跖,脚掌。

⑥除:台阶。

⑦敷荣:开花。

⑧君苗之砚,未便烧却耳:谓仍旧从事写作。典出《晋书·陆机传》:"君苗见兄文,辄欲烧其笔砚。"原指自愧文不如人,自烧砚台,不复写作。

⑨《首楞严》:佛经之名,即《楞严经》,全称为《大佛顶如来蜜因修证了义诸菩萨万行首楞严经》,共十卷。

⑩室罗筏城:即舍卫国之王城。

⑪五浊:即劫浊、见浊、烦恼浊、众生浊和命浊,佛教谓尘世中烦恼痛苦炽盛,由充满五种浑浊不净之故。

⑫色身:佛教语。即肉身。

【赏读】

此篇虽为涵公之旃檀室作记,实则阐明涵公禅旨。涵公禅与《首楞严》关系密切,而《首楞严》之流传颇为曲折。《首楞严》于大唐神龙元年(705)译成,但不久就有人怀疑此经为伪作。不过,《首楞严》符合中国禅宗发展趋势,即"以首楞严大定为宗,顿悟渐修为趣",因此,这部经典影响颇大。到了晚明,为此经作注疏之人更多,同时,对经典的理解也颇多歧异,门派纷立。张大复友人钱谦益曾批评《首楞严》之疏解,或为"山家之《楞严》",或为"山外之《楞严》",或为"天如之《楞严》"。涵公禅归旨《首楞严》,而张大复友人孙安淳看不出涵公的门派,说明涵公禅能够超越各家,自成一体。因能超越门派旨趣,也正是为张大复、钱谦益等人予以其较高评价的原因。

蕉雨轩记

朱子既卜居鹿城之南，其旁有隙地焉。丛篠[①]莽蒿，骈罗[②]延蔓，而北枕细流，雨后清响，如鸣珮环。朱子曰："嘻，是不有人事耶？"乃伐篠刈骈，得平地可十弓[③]，谋作小轩其上。既二年而轩成，拱梁荲[④]柱，茅瓦竹檐。朱子将插篱而环之，杂以时卉，荫以高梧，引流种竹，日涉成趣，而前后山光树色，若争出焉媚朱子。十尺之地，八窗虚朗，憩者忘去。

或问朱子："何名此轩？"而朱子泫然曰："吾兄弟耕砚[⑤]以养老母，常不给，何轩之为然？而为此者，盖有概于中不能已已云。昔者吾父初居此，而吾客孟氏。秋风乍起，雨飒飒著芭蕉上，而父贻薄蹄[⑥]告我：夜听此，相念良苦，不复知蕉叶之多韵也。时谨识之。而有隙地焉，乃缩一岁之糈[⑦]，储竹与木，不能及墁圬[⑧]，则又缩一岁为之。而吾弟子仪者，胼胝[⑨]之劳，盖亦不遗余力矣。吾将树蕉于是，晨夕听之，而又恐秋风之飒然惊吾老母也。"

闻者色动，以告其友张子。张子曰：是蕉雨轩也。夫寒士之举事，其何所不有哉？杜陵茅屋⑩，江槛落滩⑪，皆其手足所自给。而苏子欲作一小轩，以"容安"⑫名之，竟不可得。古今之事，如朱子者，岂一二耶？独其蕉雨之意，盖尤可重云。虽然，吾尝与朱子之先简庵游，知其长者，有子继之，蕉雨明志，斯亦长者之后已，朱子勉哉。而使此轩必名于世，如少陵之茅屋，子瞻之容安，成而勿毁，新而勿易，是在朱子也。

夫轩以万历戊午年⑬夏四月成，而张子将邀其友携酒馔落之，且为之记。

【注释】

①丛篠（xiǎo）：茂密的小竹林。

②骈（pián）罗：此处形容植被多且密集排列的样子。

③弓：古时丈量土地的计量单位。一弓约为五尺，三百六十弓约为一里。

④莛（tíng）：原义为棍棒，此处指屋梁。

⑤耕砚：以读写为业，也称"笔耕砚田"。

⑥薄蹄：小纸，这里代指书信。明祁骏佳《遯翁随笔》："按班史《赵皇后传》有赫蹄，《西京记》称薄蹄，注云：小纸也。"

⑦糈（xǔ）：粮。

⑧墁圬(màn wū)：涂抹，粉刷。

⑨胼胝(pián zhī)：俗称"老茧"。手脚因长期劳动摩擦而生的厚皮。

⑩杜陵茅屋：典出杜甫《茅屋为秋风所破歌》。

⑪江槛落滩：典出杜甫《将赴成都草堂途中有作先寄严郑公五首·其四》："常苦沙崩损药栏，也以江槛落风湍。"

⑫容安：典出苏轼《东坡志林·名容安亭》："故常欲作小轩，以'容安'名之。"

⑬万历戊午年：即万历四十六年（1618）。

【赏读】

此篇以蕉雨轩写朱子之孝心。朱子即张大复友人朱方黯。张大复《蕉雨轩初郢集序》："朱方黯读书蕉雨轩，纵广不能寻丈，倏然自远，而又尝遨游常润之间，耕砚自给，其硁硁谈说文史经画，本业亦已瘁矣，而能以其余为歌诗颂赋碑版金石骈俪之文，尺楮长笺，弄翰嬉戏之作，积二十卷。"张大复另有一篇《朱母周夫人六十序》，其文亦表彰朱子之孝心："我与朱子交且久，自其父简庵公弃捐时，迄于今，母夫人未尝忘药，其兄弟更相跳跃如一日矣。此两事者，于朱子之奉母事甚细，然世未有如是之忘者也。朱子方厚相磨励，不徒以功名文采自见于时，予未具论，论起骨肉手足之相忘，即古孝友不加耳。"正可与此篇相发明。

问龙阁记

玉山①之巅，盖有百里楼云。百里楼者，昆山为方百里，所辖市桥、田舍、村墟、溪谷，可以凭槛得之，故曰"百里楼"。然莫知其朔楼东偏有阁，阁三楹，面西牖北，正与虞山相望，岗峦起伏出没苍烟杳霭间。阁外古柟②如龙头角，蜿蜒乘风，拿攫③汹汹，殆欲崩屋；或静夜月明，飕飕如语。

尝与故人卧雪其中，鳞甲混茫，无容逼视，故尝欲赋夜半来龙吟消豁心目。来龙者，山故发脉于虞，宋荆国公④相水吴中，从北麓登上方，北为山阳⑤，其来有自。回首故游，去今四十余年矣。神庙⑥末，一再过莲公，常往启牖，慨然故人云亡。山光如昨，已入阁旁精舍，梅馥黯黯，上下云梯，龙吟牖外，因追话其事，而莲公出王子所赋《问龙歌》相示，请为之记。

予中年废视，无论高山大野，不能自广，即昆山一卷石，小小点缀，皆如梦观，顾安所得问龙？怀抱少慰，其风云万里之劳，聊述山脉梗概，泚笔⑦数行。

盖尝闻虞尊者⁸说法，白龙破山而走，得毋欲窥此阁耶？第逼于王子之歌，不忍更额，为作问龙记，刻之阁中，即予连蹇蹣跚，犹能听夜半吟风，借莲公禅扰之瓶钵间也。精舍傍阁而近，可卧可跌，故欲以龙坞相与矣。

【注释】

①玉山：俗称马鞍山，现为昆山市亭林公园。

②杻（niǔ）：一种古树，见于《诗·唐风·山有枢》："山有栲，隰有杻。"陆机《疏》云："杻，檍也，叶似杏而尖，白色，皮正赤，为木多曲少直，枝叶茂好……材可为弓弩干也。"

③拿攫（jué）：搏斗。

④荆国公：即北宋王安石，宋神宗时被封为荆国公，故称。

⑤北为山阳：古人以"山南水北为阳"，此处以山北为阳，不知何故，恐误。

⑥神庙：明万历皇帝庙号神宗。

⑦泚（cǐ）笔：以笔蘸墨。

⑧虞尊者：或为宾头卢尊者，十六罗汉之一，其说法事未详。

【赏读】

　　马鞍山是昆山名胜，万历四年（1576）周世昌《重修昆山县志》引旧志:"山高七十丈,孤峰特秀,极目湖海,百里无所蔽。"自梁代以来,慧聚寺、华藏寺及僧人精舍、楼阁等,屡建屡毁。盛时,云窗雾阁,叠见层出,"吴人以为真山似假山,最得其实"。光绪《昆新两县续修合志》记:"百里楼前左偏为含秀山房,明僧玉隐建","山房之西,百里楼左,为问龙阁"。又说:"寺中诸胜,悉据前人山志纂入,今惟大殿、百里、含秀存,余俱废。"

问龙阁毁于何时,因何而毁,已无法考知,之所以能收入县志,正是根据张大复这篇《问龙阁记》。万历四年(1576)《重修昆山县志》中提到卧云阁,其实尚未提到问龙阁,可知问龙阁尚未修建。卧云阁在百里楼的右侧,即百里楼西侧,卧云阁建于万历三年(1575),许承周作有《卧云阁记》。卧云原本名云卧,创于何时已经难以考知,卧云阁得以复建,得力于知县申恩科倡议,而县内乡绅募捐,可知建一阁之难。问龙阁如何建成,张大复亦未提及,或许是莲公独力而成,亦未可知。而张大复文中"然莫知其朔楼东偏有阁",未提及百里楼西的卧云阁,似当时卧云阁已废。兴废之间,不过几十年。问龙阁当与卧云阁一般,云气磅礴,但张大复之记却似话旧,"皆如梦观",或许才是他的感慨所在。

雪窗语

窗隙窥见同云，檐茅不闻集霰。无树飘花，片片绘子长之辟①；不妆散粉，点点糁原宪之羹②。布衣自短，尤堪絮起风中。足指欲穿，长笑履行东郭③。屋张融之舟④，游情访戴⑤；尘范史之甑⑥，砺志卧袁⑦。党姬故欲煮茶⑧，敲石无火；王仙⑨即思披氅，质典多鹕。或云槛外封条，怅望山阴之有橡；俄闻庭前折竹，惊看筐内之积枏。玄阴脉脉，子卿啮之⑩，与皎日增光；玉屑霏霏，孙康映焉⑪，觉虚室生白。织两鬓之丝，文成云锦；披覆体之絮，寒蔽长空。恨无道蕴奇才，比物见推于叔父⑫；不数王元豪右，迎宾式重于暖寒。漫看煎水，率尔雕冰。

【注释】

①子长之辟：指为司马迁雪冤，典出汉代司马迁因为投降匈奴的李陵辩护而受辟刑。子长，即司马迁，字子长。辟，刑。

②点点糁原宪之羡：指片片雪花洒落，更显出寒士穷困。糁，洒落。羡，有余。原宪是孔子弟子，《庄子》中称原宪居鲁国期间生活清苦，匡坐弦歌。子贡轩车大马去见原宪，原宪衣冠简陋，杖藜应门，子贡以为原宪生病，原宪说："不是生病，只是穷而已。"

③长笑履行东郭：形容处境窘迫。典出《史记·滑稽列传》："东郭先生久待诏公车，贫困饥寒，衣敝，履不完。行雪中，履有上无下，足尽践地，道中人笑之。"

④张融之舟：指住在像张融所住小舟一样的舟中。典出郑樵《通志》，南朝齐武帝问张融住在何处，他答："臣陆处无屋，舟居无水。"齐武帝不明所以，问张绪（张融从兄），张绪答说："张融陆地上没有屋，便将小舟拉到岸上居住。"

⑤游情访戴：指乘兴往返。典出刘义庆《世说新语·任诞》，王子猷雪夜趁兴乘舟访戴安道，舟行一夜，到了之后，没有见戴安道而返。人问其故，他说："吾本乘兴而行，兴尽而返，何必见戴？"

⑥尘范史之甑：指安于穷困。典出《后汉书·独行列传》，范冉，字史云，与李固等人交好。桓帝时，任范冉为莱芜长，不到官。后遭党人禁锢，草室简陋，有时绝粒，但穷居自若，言貌无改，闾里歌之曰："甑中生尘范史云，釜中生鱼范莱芜。"

⑦卧袁：指寒士不愿意乞求他人。典出东汉袁安卧雪的故事。洛阳大雪，唯袁安家没有扫雪，洛阳令以为袁安已

死,除雪入户,见袁安僵卧,问他为何不出门,答说:"大雪人皆饿,不宜干人。"

⑧党姬煮茶:煮雪烹茶,指文士清雅。宋代陶穀得党太尉家姬,遇雪,取雪水烹茶,陶穀对党姬说:"党家儿识此味否?"党姬说:"党太尉是粗人,怎么知道这个?但能在销金帐中,浅斟低唱,饮羊羔酒罢了。"

⑨王仙:指观雪使人有仙人之想。王子乔,周灵王太子,名晋。《列仙传》记载他乘白鹤驻于缑氏山头,数日而去。

⑩子卿啮之:指寒士嚼雪充饥。典出苏武牧羊的故事。苏武,字子卿,奉命出使匈奴,为匈奴扣留,拒不投降,被匈奴迁至无人处牧羊,饥寒交迫之时曾在雪天嚼雪充饥。

⑪孙康映焉:指寒士雪天读书。典出孙康映雪读书的故事。据《艺文类聚》载,晋代孙康家贫,夜晚利用雪光照明读书。

⑫"恨无道蕴"二句:指无谢道蕴赋雪写诗的才能。据《世说新语·言语》载,太傅谢安在寒雪日与儿女子侄讲论文义,俄而雪骤,谢安欣然曰:"白雪纷纷何所似?"谢安兄子胡儿答:"撒盐空中差可拟。"兄女则说:"未若柳絮因风起。"谢安大笑乐。谢安兄女即谢道蕴,亦名谢道韫。

【赏读】

中国古代关于雪的诗文太多,关于雪的典故也太多,一句"未若柳絮因风起"使得谢道韫作为才女被仰慕了千年；王徽之于雪夜寻访戴逵，"乘兴而行，兴尽而返"说尽魏晋名士风度。这万千诗句与百十典故汇集于一处，便成此《雪窗语》篇，读之不亚于口嚼梅花、以雪咽之，幽香沁入心骨。

文中用典甚多，而大抵不出寒士感慨。由此可知，张大复的雪窗之想，是为天下寒士之想。作者没有岑参"忽如一夜春风来，千树万树梨花开"的惊喜，也没有李白"燕山雪花大如席，片片吹落轩辕台"的壮怀，文中只是写寒士雪中的几种形态。有的甘守清贫，有的好慕虚荣。而甘守清贫者，不但能自励苦读，且不失清雅之趣。显然，这清贫甘守者，便又是张大复自身写照。

雪中正见寒士之苦，但雪中又可见寒士节操。古人多在此处着笔，凸显寒士行迹。戏曲中有《吕蒙正风雪破窑记》，是古代的名剧之一，可知寒士之心相同。但是戏曲中的吕蒙正最后功名得遂心愿，这一层却不在张大复的笔下，这也正是张大复迥于习俗之处。

雨势

大雨狂骤，如黄河屈注，喊沸不可止。雷鸣水底，砰砰然，往而不收，如小龙漫吟，如伐湿鼓[1]。电光闪闪，如列炬郊行，来着门户，明灭不定。仰视暗云，垂垂欲堕。大道上无弗揭而行者，藉肩曳踵，入坎大叫，如怅啼深林，鬼啸云外，而裂垣败屋之声，隐隐远近间。雨势益恣，每倾注食许时，天辄明，旋即昏暗，如人盛怒狂走，气尽忿舒，稍稍喘息，而后益纵其所如者，此时胸中亦绝无天青日朗境界，吾其风波之民[2]与？

【注释】

①湿鼓：见于唐代薛逢《长安夜雨》："压树早鸦飞不散，到窗寒鼓湿无声。"前人评"鼓无声""鸦不散"，将雨意说得沉郁。

②风波之民：本指毁誉之中沉浮不定之人，此文指作者心情跟着天气阴晴变化。典出《庄子·天地》："天下之非

誉，无益损焉，是谓全德之人哉！我之谓风波之民。"

【赏读】

此篇写暴雨，较之杜甫的"风起春灯乱，江鸣夜雨悬"（《船下夔州郭宿雨湿不得上岸别王十二判官》）、元稹的"奔浑驰暴雨，骤鼓轰雷霆"（《书异》）更为具体生动。所谓"胸中亦绝无天青日朗境界"，正是逆旅情境。张大复《雨洗》篇，"雨洗碧落，多作青锦幂。玫花鲜芬，照日风流"云云，自不必再做"风波之民"。

渡巴城湖①

巴城湖，盖湖之小者。辛丑②深秋，予归自海虞，阻风湖口四日。去冬，将访公亮，舟胶③崇宁寺下，坚不可动者，亦复五日。谁谓尺水无波？天下事可以凭臆而断也。今日风厉甚，过湖坦然，此甚常事。然予心自喜，盖由往时之胶阻，为之缘影耳。默默自照，亦足以破流转之，妄矣。胶之日，公亮以露舆相迎，欣然乘之。过田间，老妇稚子无弗窃笑者。道遇仲纯，相与藉草而坐。老氓出茶饵食予，拉往马泾庵，遂留宿。诘旦④求诊于仲纯，为定两方而别。同游者邵兵部、莲墟、缪仲纯、谭公亮、公亮之子元龙。

【注释】

①巴城湖：在江苏昆山西北二十里，西通阳澄湖。

②辛丑：明万历二十九年（1601）。

③胶：搁浅。

④诘（jié）旦：明日清晨。也作"诘朝""诘晨"。

【赏读】

　　渡巴城湖实为访友人谭应明，字公亮。张大复作有《谭公亮传》，《梅花草堂笔谈》中有关谭公亮的篇目甚多，可知张大复与他交情甚笃。其《访公亮》："某与朱子将访公亮。东城之寓地颇嚣杂，更不宜暑，而公亮处之晏如，知公亮之进乎忍也。然其侍者形貌甚削，盖不能以其所忍，达之所不能忍矣。受之侦某在公亮，偕其犹子仲侯暨许子洽、徐叔美相就。望之如玉，有不衫不履之概者，仲侯也。公亮命酒，使诸文杂歌新令侑之。某方病眼，为尽三蕉叶而罢。凉风亦旋旋起，仍宿舟中。"数笔写出谭公亮之风采，其人如此坦荡自然，故以露舆迎张大复，而张大复亦能欣然乘之。

登土山^①

循土山而西,步反径上坡,则为鹿城。其地有古垣^②,乔木映带左右,若山回路转,高迥幽邃^③,仰睇^④碧落,政^⑤见云光。常戏语同人,此山中一线天也。宜从小奚奴^⑥跨驴于此,否者暮夜月明,或孤影长啸,或二三静默。风香露湿,清吹远闻,斯亦境与人相得者乎?偶思其处,呼季弘晚食而往。有衣冠四辈,先予徘徊,都不发一语。何岁无月,何地无竹柏?^⑦但少闲行如吾两人,此夜未许予道。

【注释】

①土山:即马鞍山,又称玉山,今昆山市政府所在玉山镇西南,旧称土山,亦即鹿城所在地。相传春秋时吴王曾在此养鹿以供射猎,因此称鹿城。

②垣:矮墙。

③幽邃:深远。

④睇(dì):斜着眼看。

⑤政：通"正"。
⑥小奚奴：侍童。
⑦"何岁"两句：出自苏轼《记承天寺夜游》。

【赏读】

　　此文写土山之游。较之名山大川，土山并没有足够的险趣可以大书特书。但正因为它很平常，只是本地风光，反而更能带动作者反复品味风景中的乐趣。晚明是旅行兴盛之时，很多文人寻山访胜，写下惊心动魄的文章，像袁宏道就是这方面的能手。张大复自是欣赏、钦佩袁宏道的文笔的，但欣赏、钦佩终归是欣赏、钦佩，张大复并没有效仿袁宏道的游法与写法。与袁宏道踏访名山不同，张大复只在乡土之间游走；在文字上，袁宏道喜欢创造惊险之旅，描摹险峻地势与探胜的雄心，张大复却只是平平淡淡，让眼前的风光，归于闲境，寄放自己的心灵。土山之旅，便是如此精妙的文字，淡淡而来，"境与人相得"，静默无语，各自体会与山水和谐的妙处。这是晚明小品的另一境界。

登鹿城

　　由土山西折登鹿城，固有小径，松篁高密，茅屋数间点缀其左，耕者杂居之。雪朝月夜，多与龚季弘、朱方黯游衍①其间。仰睇云影，一往而逝。径狭不复可踪迹，故尝以"一线天"名之。有年矣。今日复过此，颇闻削稻声，草烟蓬蓬，逼人低回②，慨然殊有林谷之气。

【注释】

①游衍（yǎn）：恣意游逛。
②低回：思绪萦回。

【赏读】

　　登鹿城即登土山。数年前登土山，命名"一线天"，已成往事。今日又经过此地，能无感慨？然而作者却说，只听得割稻子声，只看见"草烟蓬蓬"，逼迫人徘徊无已，生出无限山林隐逸之气。

《登鹿城》是张大复《梅花草堂笔谈》中的倒数第九篇。《梅花草堂笔谈》如日记一样，依照张大复创作的时间线编辑，那么，《登鹿城》可能是作者晚年之作。张大复另有五律《登鹿城》：

　　寻古登鹿城，澹然发幽情。
　　仙人不可见，云水迥分明。
　　啸傲逢遗老，班荆看远征。
　　悠然送春日，回首暮云横。

意气蓬勃，或为早年所作。

登惠山

　　琼州三山庵有泉，味类惠山。苏子瞻过之，名之曰"惠通"，其说云："水行地中，出没数千里外，虽河海不能绝也。"①二年前有饷惠水者，淡恶如土，心疑之。闻之客云："有富者子乱决上流，几害泉脉。久乃复之，味如故矣。"泉力能通数千里之外，乃不相浑于咫尺之间，此惠之所以常贵也欤？李文饶②置水驿，以汲惠泉，而不知脉在长安昊天观下，鲜能知味，大抵然耳。今日与邹公履、茹紫房、陈元瑜登惠山，酌泉饮之，因话其事。顾谓桐曰："凡物行远者必不杂，岂惟水哉？"时丙午③冬仲十二日，月印梁溪，风谡谡④着听松上。公履再命酒数酌，颓然别去。

【注释】

　　①"苏子瞻"六句：苏轼为三山庵泉水命名事，见苏轼《琼州惠通井记》。下文李文饶置水驿事亦见于苏轼《琼州惠通井记》，但不知此说法之出处。苏轼，字子瞻。

②李文饶：即李德裕（787~850），字文饶，唐代著名宰相。

③丙午：明万历三十四年（1606）。

④谡谡：状声词。形容风呼呼作响的声音。

【赏读】

这一篇所写，从今天科学的眼光看，似乎是错误的。地下之水是相通的，但不至于惠山之泉源自长安，而能南行琼州。这与古人说黄河起源于昆仑山，最初在地下流动，入中华之后才成涛涛大河，而当时的昆仑山还是一个神话中的山名，是西王母所居之处。总之，以今视之，这些都不过是没有科学常识的古人的附会之谈罢。然而，对我们来说，读古人的作品，斤斤计较古人说的是否与事实相符，原本也没有多大意义。就拿张大复这篇小品来说，张大复提起的这些附会之说，不过想说明一个道理："凡物行远者必不杂。"

所谓"不杂"，就是没有沾染，不受近处习气的影响，保持自己的独立性。文中的"行远"，固然是从空间中引申出来的，但它显然也指向了时间的维度，一个人若要不断进取，需要保持自己的独立性。从这个角度来说，张大复提出了非常可贵的告诫，他强调要保持好洁身自好的个人品德。《中庸》有言："君子之道，辟如行远必自迩,辟如登高必自卑。"意思是要想到达远方,应该从脚下开始,一步一步走过去,这需要的是专注力与持久力。不过张大复更强调的是"不杂"。从德行的角度说,"不杂"要求的是不与德行有亏的人交往,要独善其身。从进学的角度说,"不杂"要求的是不旁骛专业以外的杂书,保持阅读的专业性,逐渐深入。从生活的态度上说,"不杂"要求的是不能玩物丧志、游戏人生,而是要认认真真地生活。总之,"不杂"才能实现自己的人生目标,脚踏实地,足够专注才能早日实现自己的梦想。

过海虞

今日过海虞①,舟从田间破浪而走,水光接天,庐舍半浮水上。每苇声淅沥②,涉涯如泻,舟人不辨南北。但望虞山,时忽不见,盖云水掩映。谛视③,乃隐隐得之,然相讶以为迷失道者,数矣。午炊,抵虞。偕叔向过竹村,访邵仲书。始闻桔槔声,相讶为祥。

【注释】

①海虞:古县名。即今江苏常熟。

②淅沥(xī lì):象声词,形容轻微的风雨声、落叶声等。

③谛视:仔细地看。

【赏读】

此篇为访邵仲书。邵仲书是邵茂齐之兄,《梅花草堂笔谈》中有《邵仲书》篇:"海虞邵仲书,隐居竹村,图史外无长物。而急人贫患,尝有挥金不顾之略。读书破万卷,意殆不可一世。而俯首灌园,随众作务,不以为苦,神气不能当风日。而科头万竹,坡下临流,清啸竟日,夕无倦色。斯其人亦奇矣。"

文中所写途中所见风景,文字优美。海虞在昆山西北,那一带正是江南水乡,河道密布,宛如一张错综复杂的网。而在这张河道密布的网中,有无数的农田亦分布其中。张大复所搭载的船行驶在河道之中,宛若在田间破浪而行,想来他们选择的河道是很窄的,并非那种主要的河道。因此,他们看到水光接天处,房舍宛若漂浮在水上。天际茫茫,舟人分不清方向,地标性的虞山,此时亦是时见时隐,乃至让人误以为迷失了方向。

说到迷失道路,总会使人联想到陶渊明的《桃花源记》。桃花源是旅途之中的意外,寄托了陶渊明的出世之想。张大复的小品文很少提到出世之想,但是他的笔下,却时时让读者有出世之想。他没有刻意营造一个世外桃源,没有创造一个神仙世界,更没有告诉我们应该怎样安置我们的心灵,但是他的笔却带着我们在现实的风景中旅行,几笔白描,芦苇、庐舍、云水,已经勾画出一个美妙绝伦的世界。在他的笔下,世外桃源与现实世界原本无二,那个不可触及的平行世界就在我们所住的人间,而若要抵达那个平行世界、那个世外桃源,却需要靠我们自己的感受与体悟,从现实中抽离,在现实中发现。

去江城

去江城不五里,水浅舟胶。方旁皇①岐路间,适有巨艑②当洲,伏淤不动,遂依古岸而宿。枯苇拂拂,时与孤雁相闻。暗想仲蔚③当年,故有苦竹点缀,安所引流水环之也。浊醪数酌,亦自颓然④。

【注释】
①旁皇:彷徨。徘徊不前。
②艑(biàn):大船。
③仲蔚:指东汉高士张仲蔚,隐居不仕,所居之处为蓬蒿所没。
④颓然:乏力欲倒的样子。

【赏读】
逆旅颓然而酌,不禁使人联想起鲍照《代蒿里行》中的诗句:"斗酒安可酌,尺书谁复陈。年代稍推远,怀抱日幽沦。人生良自剧,天道与何人。"

缺陷

明月驱人,步不可止,因访龚季弘,不相值①,且归。遇诸途,小憩月桥。水月下上,风瑟瑟行之,作平远细皱粼涟,可念二物适相遭,故未许相无也。人言寻常一样窗前月,此三家村语,不知月之趣者。月无水,竹无风,酒无客,山无僧,毕竟缺陷。

【注释】

①值:遇。

【赏读】

"缺陷"一词来自佛教。宋真宗时的宰相李沆,居所垣颓壁损,家人劝他治宅邸,他说:"但念内典以此世界为缺陷,安得圆满如意,自求称足?"(《宋史·李沆传》)张大复熟悉内典,"缺陷"也是其常常讨论的话题,其《万情》篇:"穷愁入诗,则工丑狞;入画,则肖乖戾;入传记,则奇。是故世界合而知缺陷,万情合而知不平。香山之诗,谓之俗不知穷也。献佞之文,谓之不肖不名其丑也。庸庸十指,许大气力,乃欲翻缺陷之案,强貌全人。其孰定之哉?"就是其对"缺陷"的理解。

张大复所说的"月无水,竹无风,酒无客,山无僧"这四种情况就是缺陷,虽说这里的缺陷与佛教典籍里所说的缺陷也没有很大的关系,但是张大复所写的水月互映、风竹互响、酒客互兴、山僧互静,却有着无穷无尽的禅味。

本文写水月之境,由月驱人访友,是兴;因友人不在家而归,是阑;途中相遇,是惊喜;同观水月,是静。水月上下,风吹细鳞,此等写意画面,因增加了时间、空间的维度,动静相宜。如此月朗风清之美景,岂是山野村夫所能体会?最后,点出赏景之"四恨":"月无水,竹无风,酒无客,山无僧。"此堪比朱国桢生平"五恨":"一恨鲥鱼多骨,二恨金橘多酸,三恨莼菜性冷,四恨海棠无香,五恨曾子固不能作诗。"文人雅趣,知非俗人。

今夕

寒灯夜雨,虽复意象萧瑟,故属佳境。今夕疏雨振瓦,颇与初蛰始电相当。础润①侵衣,令人有脱故着新之想。甲寅②十一月廿八日。

【注释】

①础润:柱下石湿润,预示将雨。
②甲寅:明万历四十二年(1614)。

【赏读】

此篇以萧瑟为佳境。张大复《小立》篇云:"晚刻偕赵九如小立城西,觉眼光意识都减。绿阴红雨,亦复不成佳境。"精神不振,则无佳境可言。由此可见,景由心造。

坐小阁

季弘相访,因约僧孺过土山,坐小阁。风片雨丝,澹澹相续,平芜①如锦,舞绿摇金,偕饮数杯,竟醉。路逢汪千顷,拉还草堂。方晚食,檐端作滴溜声。僧孺不欲久留,跣②而归。人间儿女之念,寒俭乃笃,渐老益至。暗思僧孺二十年前援而止之,岂有冒雨徒跣之事乎?

【注释】
①平芜:草木丛生的平旷原野。
②跣:光脚。

【赏读】
僧孺是张大复友人,本姓陆氏,后冒顾姓,生平事迹见张大复《石廪山人传》(本书选入)。张大复与顾僧孺交情颇深,收在《梅花草堂笔谈》中的《顾僧孺》篇:"年来家居,未有与僧孺一月别者。今岁忽忽多有之。顷就日庭中,为设菜羹干饭,意各欣然。僧孺约某稍和且过顾伯宗,郊居致有野适。某谓野适固佳,不如屋檐深稳下日色可人,随晷生活念。不到向夜,仆仆归也。"

春寒

比来春寒为阴雨寒也。仲月初三,则稍异矣。虽有旭日,不禁雪飞。虽甚积雪,丝飞殆尽,土不成膏。尔尊念某在病,赠以貂帽狐裘。某即甚寒,未尝并用,今日并用之矣。而十指如冰,呼吸成冻,寒矣哉,衰矣哉。忆昔戊寅①之冬,可谓祁寒②,飞霜沾树,冰凌戛戛,然谣云甘露③。时某待试义兴,前川阻绝,用肩舆踟躅④行,日不觳⑤三四十里。舆中顾见湖傍有白鸟,蠕蠕⑥若矫翼⑦者。谛视之,则蹴水而啄,胶矣。命舆者凿冰出之,以为一笑。归语先君草堂,先君讶曰:"我堕地五十一年,未尝惯此。"夜与弦公话其事,辄纪之。盖俯仰⑧之间,四十五年于兹矣。

【注释】

①戊寅:明万历六年(1578)。
②祁寒:严寒。祁,大。
③甘露:原指甘美的露水。古人认为甘露降,是太平瑞

征。《老子》:"天地相合,以降甘露。"

④踟躅(zhí zhú):徘徊不进貌。

⑤不彀(gòu):不到,不足。

⑥蠕蠕:昆虫爬动之貌。

⑦矫翼:展翅。鲍照《拟古》诗之七:"河畔草未黄,胡雁已矫翼。"

⑧俯(fǔ)仰:形容时间短暂。曹植《杂诗六首》之四:"俯仰岁将暮,荣耀难久恃。"

【赏读】

本文写春寒,实则是记一段往事。戊寅是万历六年(1578),张大复去参加科举考试,因雪阻隔,肩舆之行甚慢。路途之中,他们看到水面结冰,有鸟困于冰中,张大复遂命舆人破冰救鸟。他回去将此事告诉其父亲,其父亲说,不能习惯这种冷天。引发张大复忆及这些往事的,正是此时此刻的春寒。在这料峭的春寒里,他虽貂帽狐裘并用,却依旧感到十指冰冷,因此感叹自己的衰老。

张大复《畏寒》篇也写道:"生小怯冷,然不如其畏热。五十后,常取时壶煨手,稍去之,辄拳缩不肯展。而两足汤汤然,即隆冬不用火具。六十而后,絮袜绵带犹不胜其寒。燥之以火,亦不胜。必使人以手温之,移时,乃得数晷之热。"可与本文互相参看。

中秋

山桂盛开,明月如昼。天香飘忽,花影凌乱。与元初辈小饮山房,呼雪崖,闲步野田,陟①仄径②,有小犬伏苇中作豹声。民庐佛火③,聚散村坞④间。念初秋吾谷,雪后破山,毕竟一了此愿也。归附小舟,旋风忽起,而月色愈淡愈丽。两中秋如此,岂来年灯夕⑤之占乎?

【注释】

①陟(zhì):登高。

②仄径:狭窄的小路。

③佛火:指供佛的油灯香烛之火。孟郊《溧阳唐兴寺观蔷薇花同诸公饯陈明府》诗:"佛火不烧物,净香空徘徊。"

④村坞(wù):村庄。

⑤灯夕:农历正月十五元宵节晚上,有张挂灯笼的习俗,故称为"灯夕"。

【赏读】

中秋之夜，月明如白昼，桂花盛放，香气袭人。晚间，与朋友小饮，饮罢闲步田野间，静赏月下的田园风光。这一篇文字干净清新，没有任何的雕琢，只是淡淡地写眼前景、眼前事。整篇文字宛如情绪的自然流动，完全汰除晚明小品的匠心习气。

这是一次难得的中秋小聚，张大复没有写相聚的觥筹交错、畅所欲言，却只交代了桂香中、花影下与友人的月下闲步，村犬的吠叫、远处的灯火与村舍，一派闲静之态，让人尽忘世俗之扰。虽未写友情，但却在与友人信步而行的默契中，道尽彼此相知相交的深情厚谊。

张大复的小品写出了人世间的真实与真诚，他的小品不像是刻意写给读者的，而是如同日记一般的自我记录。张大复病废之后，在禅学的清修上下了很大的工夫，他修禅与袁宏道等人所追求的"顿悟"不同。禅修给张大复带来的是一种涵养静默的工夫，他要让自己的内心不起波澜，要让自己的文字不起波澜，而他真的做到了。所以，他应该也是通过记录下来的文字，来反省自己的禅修境界，当一切人工的匠心都没有了，剩下的不再是浅白无味，而是最接近真实心境的文字，而这样的文字才更具有"真味"。

梦飞翠楼记

沈声远飞翠楼,故尝读书处也,今楼亦移他所矣。辛丑①三月六日,梦至其处,窗槛玲珑,香气芬馥。周遭罗列奇石,如刀剑峭削,舞袖翩跹之状;或如真官仙宰,正笏②鹄立③;又如奇鬼猛兽,欲来搏人。余谓李文饶:故物一旦尽置几席间,平泉庄虚无石矣,令米颠④见之,岂胜仆仆乎?池上芙蓉,凝露欲笑,翠盖静植,水中藻荇皆可数。菱花盛开,有结实者,鲜红射目。年来病眼斋居,不复有豁然之见。间遇佳山水,惘惘如行雾露中,一片遥白耳。今夕何夕,得如是观乎?或云昼之所为,夜之所梦,皆是识神乱飞,无关因想。夫使仆隶之梦必为国君,百年间就使忧若三万六千场,亦快活三万六千场矣!

【注释】

① 辛丑:明万历二十九年(1601)。

② 笏(hù):古代君臣在朝廷上相见时手中所拿的狭长

板子,按品第分别用玉、象牙或竹制成,上面可用来记事。

③鹄(hú)立:像鹄一样引颈而立。形容直立。

④米颠:即北宋书画家米芾,与蔡襄、苏轼、黄庭坚并称"宋四家"。米芾举止颠狂,雅爱奇石,遇石称"兄"。

【赏读】

记梦小品就像是一场奇幻的旅行,有即兴的快乐,亦有未曾见过的奇景,像蒙太奇一般,一帧画面紧接另一帧画面,在像意识流般无意跳转的画面下,是张大复那颗对人世间无比热望的心。过去的记忆早已不可辨识,肉体因病而困,不得自由。记忆里的飞翠楼早已不在,如今当已移至他所,然午夜梦回他日光景,重游故地,忽到窗前,但觉鼻端香气袅绕,芬芳馥郁,虚实杳茫,真假不可辨。

许是梦境之故,使得飞翠楼的景致多了一重朦胧的美感,心中的景色沉入脑海幻化为梦境。然无论是苍茫沉肃的山水,还是鲜妍活泼的花果,怎不令人触景生情,复又感叹今夕何夕?这样欣喜之余,反倒生出一丝怅然。不过怅然之后亦有自我开解,世事令人忧郁,然就像仆从之梦,白日为仆,夜晚为帝,虽是南柯黄粱,一时得意,但若按昼夜平分,日日算来,也称得上是潇洒快活,能在消极沉闷中看到积极闪光的另一面,这种处世哲学,亦是一种能力。

游梦

昨夜城头看月,遂至土山,独坐移晷,阒①无足音,徘徊三松下,寒泉伏不流,风行之鄰鄰而已。归时二鼓,而道上人有开扉立者,盖风气如春,月明如秋,其青如黛,仲冬之月,未数数②也。今夕微风稍紧,偶坐玄云石傍,从松端看月,而许孺瞻来,遂与偕坐。移时,孺瞻不耐深语,遂归。周行庭中,亦复二鼓,梦与二三友辈行至水侧,夫容③千章,静植水中,夹岸皆芦苇,一人飞采一花,花半弹④,而旁有二小牌,刻划甚精,其辞曰:"翠盖风来动,红妆洗更新。"前有一白鹿⑤,色莹然,牧人饮之,水复有一羊洁白,亦不与他羊等。鹿千年而苍,又千年乃白,然不能逍遥长林丰草间,逐逐然群羊而索饮,此殆不可晓也。初十日黎明,呼儿记之。

【注释】

①阒(qù):寂静。

②数数(shuò shuò): 常常, 屡次。此处引申为常见。
③夫容: 即芙蓉, 此处指荷花。
④軃(duǒ): 下垂。
⑤白鹿: 古代祥瑞之物, 常常视作神仙坐骑。李白《梦游天姥吟留别》:"且放白鹿青崖间, 须行即骑访名山。"

【赏读】

张大复好友陈继儒谓其文:"其流便尔雅似子瞻。"《四库全书总目提要·闻雁斋笔谈》云:"是编大抵欲仿苏轼《志林》, 故多似古人杂帖短跋之格。"由此也不难看出张大复的两部笔谈与苏轼《志林》渊源之深, 他在有意识地效仿苏轼来作文章。此篇虽为记梦, 但与苏轼《记承天寺夜游》写法颇为相近:"元丰六年十月十二日, 夜, 解衣欲睡, 月色入户, 欣然起行。念无与为乐者, 遂至承天寺寻张怀民, 怀民亦未寝, 相与步于中庭。庭下如积水空明, 水中藻、荇交横, 盖竹柏影也。何夜无月? 何处无竹柏? 但少闲人如吾两人耳。"亦整亦散的句式结构, 素雅的语言, 简远闲适的意境, 玄妙失真的境界, 都不似在人间。两篇对比着读下来, 仿佛带领着我们做了一次时空的穿越。

梦

　　天宇四垂，如蓝色锦。五云飞凑浮昱，如水沦涟，如雉子班班①。时有白霞，如点雪，如屯絮。界②五色，中虚丈许，其蓝特异，如铺翡翠，如空青泼。三星缀之，如夜明沙，如初夜长庚③，英刺人眼。又南折可二十丈，明月空悬，如梨花春半溶溶，如秋中露下光湿空际。男女列拜于庭，某亦仰睇周视，如天水动摇，久之不灭。自诧吾眼忽开，便得未有。既觉，如吸上池水，肝肺尽凉。知其在梦，不欲醒。意将卜之，且否否，不如住境。虽然，犹恐习而不知其异也。甲寅④十一月二十一日五鼓，半环⑤政从屋梁堕，冷彻四壁。

【注释】

　　①雉子班班：小野鸡。《乐府诗集·雉子班》："雉子，斑如此。之于雉梁，无以吾翁孺，雉子。"

　　②界：毗邻。

③长庚：古代指傍晚出现在西方天空的金星。

④甲寅：万历四十二年（1614）。

⑤半环：即半环月。唐章孝标《答友人惠牙簪》："截得半环月，磨成四寸霜。"

【赏读】

　　张大复记梦之作有两大类：一类记所梦之人，多为亲朋故知，梦中恍惚相遇，既是记梦，也是写情；一类如游记，光怪陆离，非世间景象，却别开洞天，如此篇即是。而其所述历历在目，宛如可见可进之境界，则又见出其文笔之妙绝。

梦记（一）①

辛丑②八月廿二日夜，天气始凉，雨窗阒寂。为儿女辈略说圆觉③大义，既久辄鼾，就枕昏然。梦与元倩辈循坡而走，高冈突兀，野境逶迤。携手远眺，忽见万花烂开，皆似海棠状，而高辄数丈，不可攀折，其地亦不能至。道旁枣实累累，枝压不胜，予辈拾而啖之，入手莹然，味亦甘滑。予与仲嘉稍折而西，峦坳有石，大如五石之瓠④，面面玲珑，有口鼻眼处，题曰"鬼头石"。旁皆峭壁，壁间断碣，文字漫灭不可读，隐隐若云，是昆山某前辈爱玩，五十年后复移植于此者。空中危亘石梁，高拟百丈，其长半之，而阔不盈四五尺，梁之根则树之杪⑤也。予亟呼叔颙观之，叔颙曰："虹气也。"予笑曰："石梁非真虹，亦非假，予乌乎辨？"又折而西，平畴幽旷，复有石俯瞰流水，大可盈亩，状如芙蓉，色如红玉，瓣叶参差，随形镌文其上，字画遒古，梦中一一成诵，大都高人胜士所制也，苦不能记忆耳。时予念言祝希哲、唐子畏、蔡林屋⑥诸人饱饫山水，又能作此等快事，造化何负于彼，而世共惜其不遇，真可笑也。方谓家世长图之，而鸡声喔喔，漏下五鼓矣。予自频岁病废，众口食贫，日为米盐所迫逐，对月临风，了无情绪，形神暂息，乃复得此奇绝境界，岂化物者以是偿我哉？书此志幸。

【注释】

①因本书收录两篇《梦记》，故标为《梦记（一）》《梦记（二）》以示区别。《梦记（二）》见第193页。

②辛丑：明万历二十九年（1601）。

③圆觉：佛教语。指佛家修成圆满正果的灵觉之道。

④五石之瓠（hù）：即五石瓠，指可容五石的大葫芦。十斗为一石。

⑤树之杪（miǎo）：树梢。

⑥祝希哲、唐子畏、蔡林屋：即祝允明（号枝山，字希哲）、唐寅（一字子畏，又字伯虎）、蔡羽（号林屋山人），三人皆明代吴中名士，科第蹉跎，以书画为世人所重。

【赏读】

此篇写梦中欢快之游赏。张大复另有一篇题为《梦》的小品："冷枕单床，未酉而息。多梦山石玲珑，与之曲折上下，而绝无林木之观。意亦不怡，若有所赴而求至者。解者曰：此劳力之象，米盐迫逐之应也。顷风流得意之事，凭仗梦神，政可得半。及其衰也，山骨都来，碍人欠伸，而觉两胁殊苦。"所写为"不怡"之游赏。可见，同是米盐所迫逐，梦境亦多所不同。

梦记（二）

仲亡十七月又三日，为辛亥①七月初九日，夜三鼓，梦予仲女曲室中，婉娈②如常，语娓娓，醒时都不能忆。室深而敞，循栏出，逶迤盘屈，数折乃抵户。予命仲若且入，吾乃行，仲却立槛前目送，予意若忽忽，愁予艰步也。予回首固命之入，见户傍有蚕一箔，茧累累都作黄金色，而邻舍泣声悴悴然，予心念仲即居此，甚寂寞，不愈于此泣者，肠欲裂乎？顷之，一小青衣③随予行田间，岸草始芽，里许登一台，予口诵苏子瞻《超然台记》④，几尽台穷，步小石桥稍折，而北岸上多操作者，一人腰綯⑤，执帚系纱而刷，则亡叔家故仆杜坤也，见予避道。予睡觉，觉时昏昏久，而后知吾女之亡也。亟揽衣起，带梦含泪呼倩郎，语之梦两人，梦眼相觑，殆不知身之在何所矣。而是时，隔舍间果有泣者，予心怦怦然，诘朝问故，则云亡一儿，予且泣且为仲喜，仲亡而存两儿，如所梦，当长。茧累累都金色，岂祥征耶？仲居江南，而杜坤奴叔家，归死江南,当是予神识暂诣江南看仲,或仲以神在江南告我耳。登台而诵《超然记》,仲已不殢鬼录乎?所恨十七月间曾无影响,一夕相语,卒然舍去,语又不可了,可奈何?虽然,仲生二十六年,种种恩爱亦如昨梦耳,痛哉!时客虞山,坐沈氏十五松下记。

【注释】

①辛亥:明万历三十九年(1611)。

②婉娈:年轻美好。

③青衣:婢女或侍童。

④《超然台记》:苏轼为其弟苏辙"超然台"所作,旨在抒发游于物外,无所往而不乐。下文《超然记》亦当为苏轼《超然台记》。

⑤緪(gēng):大绳索。

【赏读】

世间最痛莫过于白发人送黑发人,正是由于对女儿深刻而厚重的情感,才会有如此的留恋与不舍。午夜梦回之际见到女儿归来,音容笑貌一如往昔。梦中的美好与醒后的怅然若失形成对比,所见即所感。作者心绪紊乱,而邻居的悲泣声,不仅没有缓解这种哀伤的情绪,反而加重了内心的悲愁。

此情此景下，唯有苏轼的作品才能稍稍缓解张大复心中的悲苦。苏轼的《超然台记》主要表述超然于物外，人就可以无往而不乐。《超然台记》用庄子"万物齐一"的观点来进行自我麻醉，以旷达超然的思想来自我安慰。

张大复生活贫困潦倒且身患重病，满腹经纶却无处可施，仕途上又不得志，故唯有以古人旷达的胸怀来纾解内心的不平与悲愁，寄情山水、赏花观月，一笑置之。从某种程度上说，张大复与苏轼有着同样惨淡的人生经历，但苏轼洒脱自适、放逸旷达的人生态度也在深刻地影响着张大复的人生态度，这从张大复那些清丽自然、甘于平淡、不怨不艾的字里行间亦可窥其一斑。

卷四 清流

性好山水,
遇风日清丽,
足趾不自禁,
必兴尽乃止。

病居士自传

居士姓父姓，名父名，然不能如父志，丑之，又多病，故自号曰病居士。少习举子业，为诸生。诸习举业者，呕心刳肝，多病悸。居士故不善雕虫①，所作制义②居下下，然亦病悸。吴地下湿处则病肿，父尝为木阁居之，亦病肿。或数月不跬步，所饮竟日夜不满五合，然病下血甚于豪饮者。好书及色，而性粗浮，不期尽解，所求于人甚备，然病肾，水竭目昏，昏不能视。

祖父产粗足自给，所得修脯③常中上，又无贫乏施与及为人报仇或藏亡破产之事，往往病穷，贳④米养其老母，或贷之友而久负之。性懦，闻催租剥啄声⑤，心摇摇不能定，而强宗大猾⑥负其势以侮众，即不吾犯必辱之。病傲，已无能不欲言人之不及，而遇诸非法者，故为强词以夺正者，必折之无所容然后已。病憨，见义或不能为，而好谈节侠，若飞六月之霜，振齐台之风，寒易州之水⑦，则毛骨竦竖，隐隐若刺猬乱起。

病燥，尽其足力不数里，每至佳山水，必攀崖沿流竟日，徙倚⑧不能去。或暮夜无侣，则独往来庭宇间，至乌啼月落，欣然忘倦。病爱缓步详视，必求如礼，而广坐绮筵不耐谭款。或虱痒不可忍，辄扪而啗之。病草野而倨⑨，行年四十，弃去举子业，人以题请，便欣然为之，仍镌而悬之国门，为时伧父⑩。

病结习，客谓居士曰："子病奈何？"居士曰："固也，吾闻之师，造化劳我以生，佚我以老，息我以死。我未老而化物者，且息我，我则幸矣。又何病焉？"居士块处一室，梦游千古，以此终其身。

【注释】

①雕虫：比喻作辞赋时之雕章琢句。

②制义：即八股文，亦称制艺。

③修脯（fǔ）：指赠送老师的薪金。

④贳（shì）：赊欠。

⑤剥啄声：拟声词，此处指敲门声。

⑥大滑：亦作"大猾"，大奸，大恶人。

⑦易州之水：用荆轲典故："风萧萧兮易水寒，壮士一去兮不复还。"

⑧徙倚：徘徊，留连。

⑨倨：傲慢。

⑩伧父：晋南北朝时，南人讥北人粗鄙，蔑称之为"伧父"。此指粗俗、鄙贱之人，犹言村夫。

【赏读】

病居士并非别人，就是张大复自己。《病居士自传》亦即张大复自传。正如陶渊明的《五柳先生传》，五柳先生本是陶渊明自己，可是他像写另外一个人，写他名字之由来，写他性情。这类自传，既非事无巨细地交代自己的生平事迹，亦不是拾掇自己的主要经历，而是传主通过对自己的"命名"，通过解释自己的"名号"，进而阐明自己的精神人格。除了这篇自传，还有蒋镁《张元长先生传》、钱谦益《张元长墓志铭》等有关张大复的传记材料。蒋镁《张元长先生传》："元长名大复，晚号病居士，一云息庵老人。"可知张大复自称病居士是晚年之事，而此篇自传亦当作于晚年。

吾老

吾老于日月之下，数年来未见日之新丽，月之冷彻，经一旬不变，如八日至今夕者。吾朝而望日，万里一碧，青锦幂都作宝净色①，令人欲拜。昔人云，就之如日②，正不知其有味。若此夕而望月如积水，空明可数毫发。一片玉壶冰，殆疑融尽。吾轩能来月，启板扉，辄低眉向人，尔时不觉身之在庭际矣。年来伤逝，不复看月，尽有闭户不窥。时故人谊重，忽复相逢，其情弥恋矣。今夜登城头西南角望，马鞍③浮图④佛久隐见。呼龚季弘小憩鹿城，步仄径，看一线天，作跨驴想。正拟议时，有骑马者过之，铃镝镝然⑤。笑语季弘："此谓想因。"相与大笑。憩小桥，望屈氏墓，双松秀出天际，如三丈夫。徘徊月下，便欲乘风归去。昔屈可庵⑥先生授墨竹于夏太常，不能独步，竟以写松名天下，今夕何夕？彼谡谡⑦者尽耶。其下涧而不泉，惜无淙淙声相答响。

【注释】

①宝净色：形容美好清净的样子。此处指清净美好的景色。

②就之如日：指如日照临，人皆依就之。典出《史记·五帝本纪》："帝尧者放勋，其仁如天，其知如神，就之如日，望之如云。"

③马鞍：即马鞍山，现为昆山市亭林公园。

④浮图：佛教语，亦作"浮屠"，指佛陀、佛教、和尚、佛塔等。此处当指佛塔。

⑤镝（dí）镝然：此处形容系在马身上的铃铛发出的声响。

⑥屈可庵：生平不详，明代昆山人，以画松闻名。明叶国华《酬屈可庵先生墓》称赞他："松旁列幽门，爱宅写松翁。高士信孤洁，不倚笔墨工。"

⑦谡（sù）谡：拟声词。形容风吹的声音。陆机《感时赋》："寒冽冽而寖兴，风谡谡而妄作。"

【赏读】

张大复五十岁时说："始衰之年忽焉，已至马齿日长，童心正狂。上负所畏，下惭余子。"可知当时尚未感到衰老。但衰老之感到来时，他写了很多篇章来记录自己面对衰老的心绪，如《数见不鲜》："往岁与诸贤作会，谬承推奖,心知其无当也,要以一念之信,则自证不负云。中年病废,便有一二眉眼之伤,匿影避之。其游如昨者,较然不欺矣。迩来气衰神惯,每临流对镜,辄欲自掩其貌。奈何以此仆仆向人?陆大夫有言,数见不鲜,不可不念也。况人合之交既老,而不能见颜色者乎?"由此可见,写作是一种通过体察万象,最终表达自我的一种方式。

女仲

女仲,乙酉生。其明年丙戌秋,孟光禄将问名①仲,诘朝②行矣。予时读书大树斋本源之僧舍,卜之梦。梦仲四岁死,意乃大恶,念欲罢约。而有成言,且期逼不可,遂许之,常欲自忘其梦。甲辰,仲嫁孟氏,梦无验矣,而于心终不忘。庚戌春季,仲卒,其子尔章方四岁,岂不异哉?今日读归先生③所为母夫人志,自言见家人哭,某亦哭,然以为母寝也。又曰:家人召画工画,出示某,某曰:"鼻以上画某,鼻以下画大姊,以其肖也。"吾尔时大恸,几欲绝忆。庚戌之日,闻仲讣。检箧④中不得一钱,解衣质⑤之,亦不满半两许。而风狂雨暗,不可渡,呼舟,无应者。其明日,始往哭仲。姆抱二遗于侧,问之,亦云:"母寝,无恙也。"予既不能赠仲,含与予妇泪眼相对,留妇视含,而予亟驰归,光禄送之。予再叩首而别,意欲以无使后人悔祈光禄,且知光禄之德吾女,且爱其孙,不令其既长而遗之憾也。其地即今孟主簿攘夺⑥之处。

予性绝怜爱儿女，而仲特慧，又绝爱之。然于仲死，绝无所自尽于仲。念二遗特甚，而家贫又竟无所致。抚时感事，潸然流涕。尝谓吾父子之情，惟枕知之，即同卧者莫能知也。仲死五岁，绝不忍闻仲死时何所言。予妇云："仲方无恙，抱尔章问曰：'儿将以何报母？儿长盍为母持三岁斋？'"仲死，而予妇斋，至今不肯罢。岂念尔章幼，不如约乎？予亦不忍问也。当年风雨仓皇，惘惘⑦而出，惘惘而归，其他一切皆成涕泪，而又不能召画工留以示二遗，若归先生以上画某，以下画某，则予更添一斛泪矣。偶与桐语，书而藏之，令尔章异日者得以观焉。

【注释】

①问名：古代婚礼中"六礼"之一。男家具书托媒请问好的名字和出生的年月日，女家复书具告。《仪礼·士昏礼》："宾执雁，请问名。"郑玄注："问名者，将归卜其吉凶。"

②诘朝：即诘旦，清晨。

③归先生：即归有光，其"母夫人志"应指《先妣事略》，随后引文亦见于《先妣事略》中，文字略有差异。

④箧（qiè）：箱子。

⑤质：抵押。

⑥攘夺：霸占，夺取。此处应指霸占仲的坟地。
⑦悯悯：失意的样子。

【赏读】

这篇小品当写于万历四十三年（1615），即张大复女儿仲死后第五年。篇中追忆女儿，往事历历，文字朴实真切，让人感受到父爱的深厚淳朴。仲出生在乙酉年即万历十三年（1585），甲辰年即万历三十二年（1604），仲出嫁，归于孟氏，这年仲二十岁。其卒于万历三十八年（1610），年仅二十六岁。正是青春年纪，忽而逝去，让人惋惜，更何况她的父母？张大复多篇诗文与此有关，可见一斑。关于归有光《先妣事略》，方苞在《书〈归震川文集〉后》里说："其发于亲旧，及人微而语无忌者，盖多近古之文。至事关天属，其尤善者，不俟修饰，而情辞并得，使览者恻然有隐。"张大复此文，写女儿生平事略，亦使人恻然，其文笔，得归有光启发，其题材，亦"事关天属"。

弟世长

　　弟出门后,阖宅粗安①,随分度日,小灾小疾,无所沾染,此亦天之相厚矣。悬望音信,一日三秋,然又念船主福德,到处迎将,何忧何惧?吾向处长安,亦由寄托得所,了无它念,一味关口藏舌,事事不轻许人,旅之时义,尽于此矣。

　　清明归家祭扫,时事一新,北府南第,气焰横截②,东南一角,田价顿减。贩夫野老,竞欲以无产自安,亦可慨也!

　　吾馆虞山,颇有家念,正谓道路以目③之时,人人如立冰上,贫家小儿,岂堪出入自由,而三郎亦颇学得关门法,用是自慰,弟无虑也。二郎在此,功夫殊倍往年,又得叔向为之主人,寝食游处,动无所碍。即老者心境,愈觉空明,毋奈头方命薄,脾胃枯燥,一起如厕,万苦交集,又左足楚痛,渐渐过膝。曾记二十五年前,松江顾守忠语我,脚气冲心,则不可治,去此不远,奈何奈何!然人生有命,孽自己作,且非药石之所能疗，何况忧虑哉？就使水到渠成，亦付之无可奈何而已矣。独念五十四年兄弟，郁郁无欢，倘饘粥④可继，何至一走虞山，一寄燕赵？已伏而思之，则又不然。昔董传⑤既成进士，无禄无妻，韩魏公许以一官，彭驾部欲嫁以一妹，此二事雅无大奇。东坡语人云："在传则为非常之福，恐不能就。"后如坡言。人生如此，吾奈何必邀欢于造化耶？倘并此念一齐放却，吾乐可知，弟亦不必再挂念矣。

旅中望信，如渴思饮，而萍踪浮系，未遂所怀，弟得毋讶其迟迟乎？然此数行，亦在虞山寄归，觅便到时，又不知是夏是秋也。所欲与宾如言者，大率如此，不复作字。知其家亦有数字相寄也。晤李长蘅⑥，知孟夙谒选⑦。天乎，髯竟谒选也耶！既走此途，又是丈夫雄飞之日，便须放脚阔步，竟其所抱。悒悒非髯事也，见间语之。

【注释】

①粗安：大致安好。

②横截：横阻。

③道路以目：路上相见，以目示意，不敢交谈。形容百姓对残暴统治的憎恨和恐惧。

④饘（zhān）粥：稀饭。

⑤董传(？~1069)：字至和，洛阳（今属河南）人。尝在凤翔与苏轼过从。董传事见苏轼《上韩魏公》，张大复所引苏轼语即见此文中。韩魏公，即韩琦，宋英宗时，封魏国公。

⑥李长蘅(1575~1629)：即李流芳，字茂宰，又字长蘅，号香海，又号泡庵，晚号慎娱居士，苏州府嘉定（今属上海）人。万历三十四年（1606）举人，两应会试不第，遂绝意进取，工诗善书，尤精绘事。有《檀园集》。

⑦谒选：官吏赴吏部应选。

【赏读】

张大复与其弟在当时昆山并称于时，二人才华相颉，兄友弟恭，而此信正可见出兄弟之情笃。古代兄弟齐名者，有陆机、陆云兄弟和苏轼、苏辙兄弟，其兄弟之间都有书信传世。可惜的是陆机写给陆云的书信，仅留存只言片语，不过字里行间亦可见兄弟间的情谊。如陆云给陆机介绍京城见闻："天渊池养山鸡，甚可嬉。""监徒武库建始殿诸房中，见有两足猴，真怪物也。""此间有伧父，欲作《三都赋》，须有成，当以覆酒瓮耳。"这些零星之语，从奇闻到人世，从惊奇到自负，都不须回避，而这种坦然也只能见于兄弟间的书信。苏轼写给苏辙的书信甚多，如元丰六年（1083）三月二十五日之信，苏轼从对佛学的参悟写起，娓娓而谈，语言近乎口语："若如此是佛，猫儿狗子，得饱熟睡，腹摇鼻息，与土木同。当恁么时，可谓无一毫思念，岂可谓猫儿狗子已入佛地？"又写道："书至此，墙外有悍妇，与夫相殴，詈声飞灰火，如猪嘶狗噪。因念他一点圆明，正在猪嘶狗噪里面。"正所谓极日常又极真切。苏轼给苏辙的另一封信，从程德孺兄弟欲借银给自己写起，然后又逐一写家里的状况，琐屑细微，言谈亲切："程德孺言弟令出银二百星见借，兄度手下尚未须如此，已辞之矣。德孺兄弟意极佳，感他！感他！数日热甚，舟中挥汗写此。不及作诸侄书，且伸意。夫人晚年，更且慎护，勿令小有疾，副子孙意。五郎妇，更与照管慰安之，便令五郎般挈也。八郎续亲极好，但吾侪难自言，可托人与说……"张大复此篇文章，或正是学苏轼此一种。

董家沟老人

黄河水竭，抵宿迁，几无河矣。万历二十七年三月十五日，予与姚江舒生、四明袁生，觅小车行二十里许，至董家沟，大雨如注，乱落两鬓下，自颈及于腰，沟水颇深，不可度。御者①相扶携，至河口，得小舟渡焉，始抵沟北。沟上人窃窃，睨予车中，相与语去留，辞不定。

予辈循沟而走，西望柴扉高厂，叩之，一老人丰颐广颡②，衣裳楚楚，亟延予辈入。问之，董其姓。予笑曰："此所谓董家者也。"老人曰："然。"时有众客酣饮堂中，老人拱手谓其众曰："客至矣。吾等罢饮，客不能安；未罢，予不能安。将若何？"其客挥手而散，老人益复洒扫布席，出胡饼③麦酒相劳。苦予性不能饮。老人曰："故知君不能饮此酒也。"则更出一瓿，置几上，长跽④而请曰："客语我此酒佳，藏之久矣，以俟知者，敢以相饷。"于是尽瓿而倾之壶中，而手酌一大瓯饮予，又酌二瓯饮两生。予曰："性不能饮耳。脱饮岂畏麦酒哉？然老人情至，当为君尽一瓯。尽一瓯足方半岁饮矣。"老人喜，乃自酌数十瓯，而更以饮予，予不能尽觞而止。

时雨霁，则相与走沟上。沟上龟裂，一望茅苇，童子方纵火焚之。老人曰："火后得雨，则苇怒生。"予慰之曰："老人居此良苦。"老人戚然久之，曰："予之苦可胜道哉。自吾父祖之居于此也，屋庐田舍为鱼鳖所窟宅者，数矣。"因指其东曰："此之谓落马湖，湖水溢而沟上人之姓名未有不一更者，而董氏独存此，岂易易也哉！今幸河流暂息，吾是以有此居也。而赋役更烦急不能堪。旦暮小吏叫号于门，辄负耒而筑，筑已而凿，而河中挞鼓官船踵接，予又腰缆而挽之，竟日不下咽矣。乃长吏之至止于斯者，又必曰'董家董家'。黠隶夤缘⑤为奸，呼鸡逐犬，倾瓶洗罍，不啻行劫矣，而予不忍沟之不董姓也。"夫是以低回不能去。予曰："老人休矣。夫滨河之民而不遭水患，岂有是也哉？且而不闻绛县之老⑥乎？白首不知征役，说者以为至治之祥，今何望焉。夫今之不古亦明矣。"

老人入，予亦拍枕而卧，叹曰："死名者耶，忘其身而守沟姓。虽然，犹愈于世之轻去其乡而不惜祖父之遗若传舍者。"

【注释】

①御者:驾御车马的人。

②丰颐广颡(sǎng):丰满的下巴,宽阔的额头。旧时视为有威容。

③胡饼:犹今之烧饼。《释名》:"胡饼,作之大漫沍也,亦言以胡麻著上也。"

④长跽(jì):长跪。

⑤夤缘:攀附。比喻拉拢关系,阿上钻营。

⑥绛县之老:即绛县老人,意思指高寿之人,典出《左传·襄公三十年》,晋悼夫人款待筑杞城归来的舆人,中有绛县人某,问其岁数,他说:"臣生之岁,正月甲子朔,四百有四十五甲子矣。"师旷按六十日轮一甲子推算,曰:"七十三年矣。"史赵说:"亥有二首六身,下二如身,是其日数也。"士文伯说:"然则,二万六千六百有六旬也。"后因以"绛县老人"为高寿之人的代称。

【赏读】

这篇作品写得像一篇小说。在张大复看来,董家沟老人之苦楚,都是由于沟姓之名拖累的。为名所累,不一定是功名利禄,世俗之间有各种各样的"名",如果不能看到这点,只是以为人活着只要脱去功名利禄之心,就算是逃名,就能得大自在,真是大谬不然。有的人逃离官场，但是还有其他的名利场，为了一块奇石，为了一株梅花，为了一只大闸蟹，仍旧深陷各种利诱之中。有的人以为隐居不会被名拖累，实则隐者又为一个"隐"字拖累，故作姿态，没有真正的成为大自在的人。儒家喜欢谈"名"与"实"的关系，谈"名副其实"；佛教说"名"都是方便说法，但若人执名求佛，则是大误，最后自然要去名，才有真解脱。张大复自称"病居士"，深谙佛法，对老庄亦相当熟稔，他看破董家沟老人为名所累，却不愿意伤其心，故而安慰他，可是安慰归安慰，人生何处非道场："死名者耶。"这是一次参悟，一次机缘。

梁伯龙①

梁伯龙,风流自赏,修髯美姿容,身长八尺。为一时词家所宗,艳歌清引,传播戚里②间。白金、文绮、异香、名马、奇技、淫巧之赠,络绎于道。每传柑③、禊饮④、竞渡⑤、穿针⑥、落帽⑦,一切诸会,罗列丝竹,极其华整,歌儿舞女不见伯龙,自以为不祥。人有轻千里来者,而曲房眉黛,亦足自雄快一时佳丽人也。独诗文不敌古人,骈赡而已。今日得刻稿于其从孙雪士,虽不尽读览,其品目多胜游名侣,居然不俗。中有甲寅二诗,亦多伤感之致,摘附于此:

晋世铜驼荆棘满,石家金谷水云屯。白头空作江南赋,青草谁招塞北魂。

此日燕归空有树,当年鹿去已无台。凭高一望千山暮,零落浮云天际来。

【注释】

①梁伯龙:即梁辰鱼,字伯龙,苏州昆山人,明代戏曲

家。国子监生。善音律，擅词曲，兼工诗，不屑举子业。性任侠，嗜酒，与王世贞、李攀龙等文人名士有交往。著有传奇《浣纱记》、杂剧《红线女》等。

②戚里：帝王外戚聚居之地。

③传柑：北宋上元夜（农历正月十五）宫中宴近臣，贵戚宫人以黄柑相赠，谓之"传柑"。

④禊（xì）饮：古时农历三月上巳日之宴聚。

⑤竞渡：指农历五月五日为纪念屈原而举行的龙舟竞渡。

⑥穿针：指农历七月七日夜妇女穿七孔针向织女星乞求智巧。

⑦落帽：指重九登高。典出《晋书·孟嘉传》：九月九日，桓温在龙山举行宴会，有风至，吹落孟嘉帽，孟嘉不觉。桓温使左右勿言，欲观其举止。孟嘉良久如厕，桓温令取还之，命孙盛作文嘲嘉，孟嘉回来见孙盛之文，即答一篇，其文甚美，四坐嗟叹。

【赏读】

此篇写梁辰鱼，凝缩《昆山人物传》中的梁辰鱼传记，所不同的是文末批评了梁辰鱼的诗文。张大复受归有光、汤显祖、袁宏道影响，对"前后七子"诗文颇多批评，而追求"骈瞻"的梁辰鱼诗文自不能使他满意。张大复在《梁辰鱼》传记中提及梁辰鱼"营华屋，招来四方奇杰之彦,嘉靖间"七子"都与之,而王元美与戚大将军继光尝造其庐",但该传记只是突出梁辰鱼形迹,篇末说:"吾乡人物,莫盛于肃皇帝之朝,即赋归隐如伯龙,无不得直行其志,令后人征实而论其世也。"其不满隐而未发,这又可看出《昆山人物传》属于史书之体,张大复力求客观,而《梅花草堂笔谈》则见出他的性情、志趣。

杨长倩

杨长倩宅湖之中,秋水长天,渺然一色,远睇飞鸢①,跂立水际,故不减武陵②畏垒。夏秋间,龙吟湖底,烟雾翔涌。吴在大云:"此时却疑身处混沌③矣。"予每想至其处,一水之隔,仅仅朝暮,而不知途者,邈若河山,可笑也。长倩许我莼丝④千缕,当乘兴访之。

【注释】

①飞鸢(yuān):飞行的鹰。

②武陵:因陶渊明《桃花源记》写武陵渔人误入桃花源,因此后人常以武陵代指避世隐居的地方。

③混沌:浑然一体,不可分剖之貌。

④莼丝:即丝莼。莼菜生水中,叶椭圆形,浮于水面,采嫩叶可食。三月至八月,茎细如钗股,味甜体软,名曰丝莼。

【赏读】

友人筑宅湖中,如在桃花源世界中。江雾渲染,虽一水之隔,宛如遥远难到,更增添了遐想。虚实杂糅,亦真亦幻,现实与古人作品构成了互文,相似几何?苏轼在《临皋闲题》有言:"江山风月,本无常主,闲者便是主人。"在张大复看来,杨长倩便是这般主人。

孙道人

孙道人一去五年，而膻羯①腥秽②之状，淋漓如故，神亦不减，此无赖中有色力③人也。道人颇晓房中之术④，能动诸年少。诸年少追逐之，所得钱辄付酒家垆⑤。而一时游食⑥之辈争愿出道人门下，道人亦盛服扬扬，从者常数十人。或一夫卖之，倒囊⑦提箧而去，辄蓬首⑧徒跣⑨都不得。衣履敝敝行市中，人或怪之，道人曰："方情⑩如此，吾处之素矣。"意都不恨。道人能牵羊于柱，出鱼于胁，走掌大石可石许，而飞砂如雾，迷离一室。孙于乔、钱山民之属，竞效之，故不如其巧便也。今年七十四，老矣。

【注释】

①膻羯（jié）：即羯膻，羊臊气。蔡琰《胡笳十八拍》："毡裘为裳兮骨肉震惊，羯膻为味兮枉遏我情。"

②腥秽：腥臭，秽气。

③色力：犹气力，精力。袁宏道《赠心湛一小师》："少

年色力健,魔佛奈他何!"

④房中之术:古代道士、方士关于节欲养生保气之术。

⑤酒家垆:即酒垆,卖酒处安置酒瓮的砌台。此处代指酒肆、酒店。

⑥游食:游手好闲,不劳而食。

⑦倒囊:指倒出囊中所有的钱物。

⑧蓬首:头发散乱如飞蓬。

⑨徒跣(xiǎn):赤足。

⑩方情:交情,情谊。

【赏读】

张大复记人之作,多着力于品题与怀旧,因此一往情深,读来往往令人伤感。孙道人大概是他的旧相识,但人物粗鄙,两人亦无深交,故而下笔自如,写活了孙道人。孙道人一别五年,依旧是"不洁"之人,文章起笔,犹如悬崖峭壁,但见陡峭挺拔,却难以揣测内中风景如何。孙道人以房中术博得年轻人的追捧,"盛服扬扬",既与修道的宗旨有违,又让人觉得他可能就是一个江湖骗子。随后,孙道人被告发,遭遇坎坷,衣服褴褛过市,却毫无沮丧之气,更没有怀恨揭发他的人,反而很能理解人情,对自己的遭遇也泰然处之,从神态到心态,又都是一个得道之人才能做到的。

文末又谈到孙道人的真本事,"牵羊于柱,出鱼于胁,走掌大石可石许，而飞砂如雾，迷离一室"云云。今天看来不过是魔术伎俩，古人视之大概会以为是真得道、真本事。这些魔术伎俩的追随者都不如孙道人用得巧妙，而孙道人已经七十四岁——"老矣"，这其中又含有一层言外之意："孙道人果真得道了？那不会坐视不管自己的衰老吧？"可是，他确实"老矣"。那么，他真的有道吗？或许，所谓得道，并非是免去生老病死，也并非是炫技博利，而是对生死荣辱的泰然。

俞娘

俞娘，丽人也，行三。幼婉慧，体弱，常不胜衣，迎风辄顿①。十三，疽②苦左胁，弥连数月，小差而神愈不支，媚婉之容愈不可逼视。年十七夭。当俞娘之在床褥也，好观文史。父怜而授之，且读且疏，多父所未解。一日授《还魂传》③，凝睇良久，情色黯然曰："书以达意，古来作者多不尽意而出。如生不可死，死不可生，皆非情之至，斯真达意之作矣。"饱研丹砂④，密圈旁注，往往自写所见，出人意表。如《感梦》一出，注云："吾每喜睡，睡必有梦。梦则耳目未经涉，皆能及之。杜女故先我着鞭耶？"如斯俊语，络绎连篇。顾视其手迹，遒媚⑤可喜，当家人也。某尝受册其母，请秘为草堂珍玩。母不许，曰："为君家玩，孰与其母宝之为吾儿手泽耶？"急急令倩录一副本而去。俞娘有妹，落风尘中，标格第一，时称仙子。而其母私于某曰："恨子不识阿三。"吾家所录副本将上汤先生，谢耳伯愿为邮，不果上。先生尝以书抵某：

"闻太仓公⑥酷爱《牡丹亭》，未必至此。得数语入《梅花草堂》，并刻批记，幸甚。"又虞山钱受之⑦，近取《西厢》公案，参倒洞闻、汉月诸老宿，请俞娘本戏作《传灯录》⑧甚急，某无以应也。"世间好物不坚牢，彩云易散琉璃脆"⑨，斯无足怪，不朽之业亦须屡厄后出耶。挑灯三叹，不能无憾于耳伯焉。

【注释】

①顿：疲乏。

②疽（jū）：即痈疽，毒疮名。

③《还魂传》：即汤显祖《牡丹亭》，下文提到的汤先生即汤显祖。

④丹砂：即朱砂，色深红，可制作颜料。此处指用红笔圈点批评。

⑤遒媚：苍劲而妩媚。陶弘景《与梁武帝启》："非但字字注目，乃画画抽心，日觉遒媚，转不可说。"

⑥太仓公：明万历间首辅王锡爵，字元驭，太仓（今属江苏）人，退居之后喜听汤显祖《牡丹亭》。

⑦钱受之：即明末清初诗人钱谦益，字受之，诗文极有造诣，有《初学集》《有学集》等。

⑧《传灯录》：禅宗传法，如以灯相传，故称禅宗著作为《传灯录》或《灯录》。

⑨"世间"二句：典出白居易《简简吟》末联："大都

好物不坚牢,彩云易散琉璃脆。"该诗感伤少女苏简简十三岁而亡。

【赏读】

自古美人如名将,不许人间见白头,红颜向来薄命,早慧向来易夭,俞娘一代佳人,不仅容貌过人,其才学亦不输须眉。只是上天妒之,不过十七岁,俞娘便早早去世了,但其才情容貌,却给世人留下了惊鸿一面。

那时,汤显祖的《牡丹亭》正热,惹得不少闺中女儿沉醉于此,俞娘自然也不例外。只一翻开,便被开篇"情不知所起,一往而深"之语所吸引,亦是如痴如醉、心动神摇,不由地黯然感叹。同样是少女的年纪,俞娘也如杜丽娘一般,有无尽情思无处寻,亦无处诉罢。杜丽娘梦遇柳梦梅,生而死,死而生,终成佳偶。而俞娘深处闺中,却只能将自己这一腔情思赋予《牡丹亭》上,细细注之、疏之,在柳杜的故事里,流自己的泪。其注释之精,"密圈旁注""络绎连篇",大有李长吉呕心沥血之状;而其所旁注之文,又能够不落巢窠,有出人意料之语,竟引得人来登门访求。然俞娘的母亲珍惜女儿的心血,不肯授于他人,来者只得手抄一份副本而去。俞娘才学之佳略见之。晚明之前的才女,其才学多成为嫁人时的筹码,而非实现自己人生价值的途径,且彼时才女多有焚诗传统。至晚明时期，无论是此篇文章中所写的俞娘，还是小青，以及后来的叶氏姊妹叶小纨、叶小鸾等，她们的出现都彰显了晚明对才女的珍视与赞赏。这在前代，是难以想象的。

此等佳人，汤显祖亦引为知己，加上俞娘是明朝著录下来的第一个《牡丹亭》女性读者，故汤显祖为她写下了《哭娄江女子二首》，其诗云：

画烛摇金阁，真珠泣绣窗。

如何伤此曲，偏只在娄江！

何自为情死？悲伤必有神。

一时文字业，天下有心人。

后来，清代文人蒋士铨还将俞娘的故事谱入以汤显祖为主人公的传奇戏剧《临川梦》中。

张氏

屠者沈蕃负责死。妻张氏年二十一，抱二岁孤呜呜而泣，泪尽流血，蔽面垂缨①，见者凄惨。既三年，孤已断乳，其舅姑为蕃礼忏②，扰扰不知所为。张抱孤复乳之，孤不吮。张泣曰："儿今夕以往，安所得汝母乳而不吮耶？"抱以贻③其姑而入。既入复出，复抱乳之，呜咽不成声，其姑未之察也。忏毕呼张，寂不应，竟闭阁④缢死，服衰⑤执杖⑥，悴悴⑦如生。事在万历己卯前后间，邑中颇有知其事者。而蕃死责事不可白，更有人持之遂寝。张与予同里，尝召其奴李钺者问之，道如此。今丽泽门外有市房，面门而峙者，张死节处也。乙巳秋为晋陵沈先生言之，先生欣然欲叙其事，付库中以便查照，会迁去，不果。或曰其孤六岁亦死。嗟乎！使张幸不为屠家妇，即归于屠家，而夫不死责，或其子有成立，则名不没。即无子，而当时有大力者，不畏强御，力任之，则名亦不没。然而没不没，于张故无与也。三年茹荼⑧流血，自矢以乳别子，以衰见夫。风霜不寒，芒刃不利，张亦烈矣哉。

【注释】

①垂缨：垂下冠带。原指古代臣下朝见君王时的装束，此处指冠带垂下遮住面部。

②礼忏：佛教语。此指延请僧人立道场念经，忏悔所造罪业。

③贻：留给。

④阁：内室。

⑤服衰（cuī）：穿丧服。

⑥执杖：举行葬仪时手持丧棒。

⑦悴悴：形容憔悴。

⑧茹荼：比喻吃苦。荼，苦菜。骆宾王《畴昔篇》："茹荼空有叹，怀橘独伤心。"

【赏读】

这是一个有关烈妇的故事。古之烈妇为守节而死，或自杀，或他杀，获得旌表而名不没，成为古代女性的模范。但是这篇故事里的张氏，并没有得到旌表，她的故事，若没有张大复的这段追述，应该早已沉寂而无人得知了。值得一提的是，乙巳秋即万历三十三年（1605）秋，张大复曾将此事说与晋陵沈先生，沈先生准备将这个故事写下来,报到上级单位,以备旌表。但沈先生临时调走,此事也就没有结果了,可见能否获得旌表,也需要时运。

醉生

夜与诸公饮,甚欢。有醉生败之,意殊不怿①。偕元龙、蔡与辈,闲步庭中,犹闻朱元越与醉生辩。从门间听之,生语不可了,而意似旁皇②,颇知自悔者。或云深夜醉后,不宜复呼与语。予曰:"不然,此必不更事人。因醉而发,醉醒则惭耳。盍以少言慰之,不尔将令之展转终夕。岂吾意乎?且或有他念焉。"乃启扉,出微言冷击,不数语,辄遁去。旦起,亦绝无影响。使人侦之,果善人不更事者也。生平尝不能忍于此事,颇自觉其有进,然而气衰矣。壬子③十一月望日④记。

【注释】

①怿(yì):欢喜。

②旁皇:即彷徨。

③壬子:明万历四十年(1612)。

④望日:农历每月的十五或十六日。

【赏读】

古人常诫酒后失言、失态。有人认为《尚书·酒诰》是我国最早的禁酒令，康叔被封为卫君，前往治理殷故地，而殷民好酒，之前的商纣王及其大臣沉湎酒中，乱德乱行，最后亡国。因此周公写了这篇《酒诰》，以商纣王饮酒亡国作为反面的案例，而以周国先祖都不常饮酒作为正面的模范，告诫康叔不要沉湎饮酒，除了祭祀等特殊仪式外，不要饮酒，即使需要饮酒，也不要喝醉，即"德将无醉"。

文中提到的张大复友人，元龙为谭公亮之子，蔡与为顾蔡与。张大复记顾蔡与饮酒之状："顾蔡与饮酒不下数升，时或潦倒。一言劝阻，便能减削。自言近来颇得少饮之适……今日过草堂，强之使醉，亦复欣然。"（《顾蔡与》）"夜来听柳州韩生收放明月，满饮数杯，陶陶然。顾蔡与呼之疾出，闲步冰壶中，戏捉枯树影，恨不借韩生杓作倾泻状也。已过小楼，食雀数枚，再饮酒一升许。风来吹面，薰薰有暖气，疑是海棠乱开，垂柳拂鞍。时酒归月下，昔人当不妄作。"（《月夜》）在朱元越家饮酒听歌："予于歌无所入，但微声耳。然听《还魂传》，惟恐其义之不晰。听《西厢》《拜月》，则按节了然。岂初盛盛初之说乎？汤先生自言此案头之书，

非房中之曲。而学语者，辄有当行未当行之解，此真可笑也。诸君会歌于元越西第。酒醒后，耳中犹自作响。"（《歌》）

睹忆

邹姁姓金氏，便体倩辅美流眄，而藏所靡多颖秀之侣，久而弥连。客有称其柔腻者，法不宜微。姁窃窃自怜，尝诵之。非其好，即久与处，勿善也。后稍牢落①，悒悒②死。

臧一，良家女，性不喜岑寂，居阁中，轩窗微触，目周游不定。既嫁夫，纵而安之，光态骤溢。若昱若浮，又谙晓房中之事，曲情取怜，无不婉至。稍会意，而目精烂烂，着人靡矣。久之为梁溪③人妇，见者都不得前。臧凝睇，犹多一往之色。

项五，少有殊色。初，寄居竹林下，不知者以为彩云间飞仙也。尝扶醉踏月，乱头踽步④，无不人人欲狂。性豪丽，悉以所赠遗为旁缘者饰。又多召倚门娼，大醉之，以为乐。晚不得志，冠女冠为尼，行游不定。

金淑，貌丽整，多爱所居，辄拥香自卫，翠袖金钗，姗姗有大家之气。饮性中下，好促坐，徐飞履膝，绸缪⑤婉娈⑥特至。有女美艳而夭，淑乃敝服自晦⑦，光态弥出。

徐燕燕,行四,识者恨不见潘淑妃⑧,疑莫上也。善鼓琴,抚弦动操,别有愁思。妮妮儿语,闺阁无异。客谓燕燕艳中之艳,闲外之闲。久乃闻知,意甚得也。有俗子芗膻⑨之,辄遁去。

病居士曰:以予所睹忆如此,盖不无质文之代矣。香山有言:"若学多情寻往事,人间何处不伤神。⑩"有味哉其言之也。

【注释】

①牢落:孤独落寞。

②悒(yì)悒:忧郁,愁闷。

③梁溪:即今江苏无锡。

④踽(jǔ)步:漫步。

⑤绸缪:缠绵,情意深厚。

⑥婉娈:年轻美好。

⑦自晦:自隐才能,不使声名彰著。

⑧潘淑妃:南朝宋文帝刘义隆的宠妃。

⑨芗(xiāng)膻:即膻芗,原指煮牛羊肉的味道,这里指俗子粗俗烦扰徐燕燕,使其不得不逃走躲避。

⑩"若学"二句:见白居易《和友人洛中春感》诗。

【赏读】

清初余怀在《板桥杂记》序中说:"此即一代之兴衰,千秋之感慨所系,所系而非徒狭邪之是述,艳冶之是传也。"《板桥杂记》记载的是晚明金陵佳丽的事迹,然而明朝灭亡,"时移物换,十年旧梦,依约扬州,一片欢场,鞠为茂草","蒿藜满眼,楼馆劫灰,美人尘土,盛衰感慨,岂复有过此者乎"!余怀借此来抒发故国之情,记中所述女子又何其幸也!

张大复在《梅花草堂笔谈》中记述了很多吴中佳丽,此篇《睹忆》只是追怀中的一部分。张大复笔下的女子们,容貌、性格不同,最终的归宿也不同。张大复固然不像稍晚的余怀经历了家国沦陷之痛,但他一生被疾病累,身处盛世却功名消歇,则是他心中挥之不去的痛。青年时,他追逐声色犬马,后来身体为疾病所困,风月之所,戚里之家,都成了梦中幻影,晚年追忆往事,能够感受到的不只是几个女子的零落,更有对生命的体悟。他引白居易的小诗:"若学多情寻往事,人间何处不伤神?"人在追忆往事中的伤神,那不是因为往事令自己伤怀,而是时光易逝,年老力衰令人伤神啊。

此篇《睹忆》实则写冶游所遇。张大复另有一组七言绝句《怀人诗》,追忆的也是冶游所遇人物,小序称:

"夜雨孤眠,颇饶诗料,追寻往事,遂及今欢,得诗凡十一章,章四句。"所怀人物分别是王季昭、沈亲、白斗、褚二、周一、杜小韦、徐娟、张薜如、蔡月素、柳招燕、金小二。其后又补张嫣卿、郭文如二人。这些人物中,王季昭、沈亲、金小二等都有专篇记之。这些作品,也表现了张大复对所遇女子的态度。

明媛

徐小淑[①]诗高自标位，虽复婉丽，床头不乏捉刀人。故是凛凛陆卿子[②]，幽清古澹，如谢道韫[③]谈玄，融米成汁。遐周所谓匪簪珥之琼株，故艺坛之火枣，良非虚语。国朝杨用修[④]妇，独建旗鼓，雄视一时。吴有顾氏，嫁陆完子为妇。有集数卷，完败流徙，尽为家人所火。其被逮一绝云："昨日浓妆上翠楼，今朝含泪下扁舟。当时若作田家妇，无此荣华无此羞。"闻者怜之。又吾乡顾莒州妇朱，吐音宏畅，多作者气。惜其稿不尽传于世，令千载之下，谓班、曹、徐、蔡[⑤]，代有其人，于斯特盛也。

【注释】

①徐小淑：名媛，字小淑，明中叶长洲（今属江苏）人，徐实维之女，范允临之妻。小淑亦能文善书，与寒山陆卿子为词友，她俩唱酬很多，才力均在伯仲之间，难分轩轾。方维仪《宫闺诗史》曰："徐小淑与陆卿子唱和，称吴

门大家。然小淑所著《络纬吟》视卿子尤猥杂。"

②陆卿子：明中叶长洲（今属江苏）人，陆师道之女，赵宧光之妻，秉心玄淡，不饰荣利，与夫结庐寒山，绣佛长斋，吟咏无间，有《卧云阁》《考槃集》诸集，时谓文采胜凡夫。

③谢道韫：字令姜，东晋才女，谢安侄女，王凝之之妻，事迹见于《世说新语》。

④杨用修：即杨慎，字用修，号升庵，四川新都（今属成都）人，正德六年状元及第，嘉靖年间因"大礼议"贬谪云南。他在云南与其妻子黄娥书信往来，诗词曲唱和。

⑤班、曹、徐、蔡：指班婕妤、班昭（曹大家）、徐淑、蔡琰。

【赏读】

张大复这篇小品，可以看作一则评价女诗人的诗话，他对这些女性诗人都给了很高的评价。张大复认为当提高女性诗人的名声，其间虽然也曾怀疑女性作品有男性代笔的嫌疑，但不能否认的是他所评价的大部分作品还是比较有成就的。最后，他说到每个朝代都有杰出的女性诗人，但到了他所处的明代，才华出众的女诗人仍不逊色。这个评价应该也是客观的。因为到了他这个时代，女性有了更多机会从事创作和刊刻自己的作品，文人对女性才华的肯定也很高，较之以往的"女子无才便是德"

的评价是迥然不同的。女性诗话到了清代则蔚成大观，但在明代还是零星散乱在文人笔记之中，因此张大复这一条也就显得弥足珍贵。

优伶①

旋行之牛,主人悯而休之,令散处于野。比视之,旋行如故,见者争相笑也。夫不有功成名遂,身退而终,不能自放②者乎?张伯任先生曰:"今世仕宦,都不类优伶。优伶舍其故我,扮脚色③于当场④。士大夫苟且当场,但修边幅于林下。盖优伶退而歌哭者耶。"

【注释】

①优伶:戏曲演员。

②自放:自我放逸,指从官场生活退隐林下。韩愈《与崔群书》:"仆无以自全活者,从一官于此,转困穷甚,思自放于伊、颍之上,当亦终得之。"

③脚色:指戏曲中生、旦、净、末、丑等演员的类别。

④当场:即登台演出。

【赏读】

此文记张伯任语。关于张伯任其人,张大复另有一篇《张先生》:"黄门张先生伯任,面冷肠刚,投闲物外,可谓涉世之雄。其诗曰:'大隐从教近市城,浮云无迹与同清。只愁史氏搜遗逸,拟向深山护姓名。'又云:'懒病须从习懒成,余生无事可关情。几回欲把鱼竿弄,犹恐人疑似钓名。'千杵万锻,非念念不忘天下不作此语也。"

金小二

　　金淑真女小二，慧婉多风，喜谈谑①，多以意甄叙②人物而绸缪③之。虽甚有力，弗能间，一时空群物也。癸丑④游虞山⑤，有富者子集珠翠数千金为小二饰，会里社⑥扮孙夫人⑦，凛凛有捉刀气，观者艳之。为之语曰：就中一骑妆偏好，昨日昆山县里来。未半岁死张氏，或曰张盖，其所甄叙云。予观古今佳丽，谁不黄土，合在人间十二三，简简之后，最先朝露者二耶？虽然，"二月春霜杀桃李，明年欲嫁今年死"⑧，二过之矣。独其母茕然⑨无倚，又多蚕凫⑩之扰。予每出南郭，望东偏绿杨树色，歌彩云易散⑪，惧然久之。

【注释】

①谈谑：谈笑戏谑。

②甄叙：经甄别而用人。

③绸缪：情意殷切。

④癸丑：明万历四十一年（1613）。

⑤虞山：位于江苏常熟西北，此处代指常熟。

⑥里社：本指乡村祭祀土地神的处所，此处借指乡里。

⑦孙夫人：孙权之妹，曾嫁刘备，习武，性格桀骜不驯，因此成为三国题材戏曲中颇有特点的人物之一。

⑧"二月"二句：出自白居易《简简吟》诗，原诗"春霜"作"繁霜"。

⑨茕（qióng）然：孤单貌。

⑩蚕凫：相传蚕丛、鱼凫是蜀王之名，当时人不晓文字，未有礼乐。此处用"蚕凫之扰"，可能指受到非知书达理之人的困扰。

⑪彩云易散：出自白居易《简简吟》："大都好物不坚牢，彩云易散琉璃脆。"

【赏读】

金小二是风尘中女子，但在张大复的笔下却是如此活泼美好。她扮演的孙夫人很是惊艳，惹得张大复看后为其赋诗。孙夫人是三国时孙权之妹，嫁给刘备为妻。孙夫人桀骜不驯，有才智，又勇敢善战，是戏曲小说中深受观众喜爱的女性人物之一。虽然很难确认金小二所演三国戏为哪一部，但她演活了孙夫人自不待言。而她之所以能够演活孙夫人，正是因为本人机智诙谐的当行本事。可惜，没多久金小二这般美妙的人物就消逝了，独留其母在人间，这引起张大复对"彩云易散"的叹惋，以及对生老病死不能自主的同情之心。

张大复《怀人诗》第十一首写金小二：

彩云影里现昙花，赢得非非想尽赊。

飘忽香魂何处是？琴溪长夜起丹霞。

其自注云："芳资慧质颖发，不可摹捉，十六病死。"又说："母淑真，与二齐艳。"惋惜之情不已。

叶翠竹

　　某不见叶翠竹作伎①，而知其佳，其体适也；不与深语，而知其解，其顾盻②疾也；不与作缘，而知其妥，其神周而不支也。颇闻莺花③间有心人多混迹梨园，可以辞所恶而就所好。昔临川翁④一曲才就，为玉云生朝歌夜舞而去。斯其人欤？斯其人欤？

【注释】

　　①伎：指戏曲歌舞表演。
　　②顾盻（xì）：注目，留神。
　　③莺花：指妓女。
　　④临川翁：指汤显祖。

【赏读】

　　张大复有《雪夜集许叔颐第逢歌者叶翠竹赋》诗表扬叶翠竹的表演才能：

　　　　春风夜落梅花白，东郭履底高一尺。棹发山阴路欲迷,忽惊瑶圃翠如滴。此君自是梅花侣,凌霄绰约逡巡起。高阳酒徒兴已狂,看竹王猷亦来止。回灯促坐啸咏开,解貂换酒十千来。感君风调拼沉醉,不饮还倾三百杯。

柳生

诣天奤,观柳生作伎,供顿清饶,折旋婉便,可称一时之冠。至其演庞氏汲水①,令人涕落。昔袁太史②自命铁心石肠,看到此,辄取扇自障其面。吾尔时可幸无眼,却有耳矣。腔右③昆山④,有声容者多就之。然五十年来伯龙⑤死,沈白他徙,昆腔稍稍不振,乃有四平⑥、弋阳⑦诸部,先后擅场⑧。然自新安⑨汪姬、上江⑩蔡姬,而后寥寥矣。柳生多一往之情,而面有不可之性。知其解者,不免愁绝。任傅川语我:"不如君遂传之。"傅川行年八十,忽作此言,索解人,政不易得。

【注释】

①庞氏汲水:陈罴斋所作《跃鲤记》中的情节,其中有姜诗的妻子庞三娘为婆婆溯流取水的情节。庞三娘尽孝事姑婆,姜母仍不满意,打骂庞三娘乃至让姜诗休妻。后庞三娘孝感上天,经太白金星调和,三人重归于好,合家团圆。

②袁太史：即袁宗道（1560~1600），字伯修，湖北公安人，官至右庶子，与弟袁宏道、袁中道齐名，并称"公安三袁"，著作有《白苏斋类集》。

③右：崇尚。

④昆山：此处指昆山腔，南戏四大声腔之一，由魏良辅改革之后，尽显江南风情，一时风靡。

⑤伯龙：即梁辰鱼，字伯龙。

⑥四平：即四平腔，由江西弋阳腔流传到徽州一带演变而成。

⑦弋阳：即弋阳腔，南戏四大声腔之一，约元末明初产生于江西弋阳，明末余姚、海盐两腔衰落，而弋阳、昆山两腔争胜。

⑧擅场：指技艺超群。

⑨新安：指今安徽歙县、休宁县。

⑩上江：指因长江从安徽流入江苏，故称安徽为上江。

【赏读】

柳生能得张大复写传，是因为任傅川的建议。任傅川生平事迹不详。张大复晚年与任傅川交往颇密，张大复作有《自慰呈任傅川笑正，兼示云林弟、士美侄》《紫芝歌奉寿八十一翁任傅川长兄先生》等诗。

记夏龙衢梦

古歙王民辉，字惟华，以写神寓居世长①所。尝令写先贤遗像一册，时方构王理之先生像，赵纶叔言："像藏夏氏子。"果访得之。夏氏子云："二十年前，先君龙衢曾梦王先生偕顾桴斋、周秋汀、高归田、朱逊庵②数十先辈，列坐堂中，既觉，尝私识之于历本上。"乃出示余，手迹宛然。因与纶叔叹，梦见二十年前，而数十先辈遗像聚于一卷之间，乃在二十年后，谁谓事非前定，偶然而已也？龙衢善谐谑，而声气奇峭，如鬼啸猿号，闻者绝倒。然好读书，喜作诗。尝见其从薛君淑借书一帙，手携以归，疾吟其所自为诗，有"无乐廉纤下，伤情怕倚楼"之语。龙衢死久矣，其子号清岑者，有父风。

【注释】

①世长：张大复之弟，字世长。

②王理之、顾桴斋、周秋汀、高归田、朱逊庵等，均为

昆山先贤。张大复曾著《昆山人物传》，此画像或为《昆山人物传》所绘，惜其不传。

【赏读】

　　王惟华，亦作王维华。张大复有《古歙王维华写照歌》诗写王惟华善画人物：

　　　　廿年吾友歙王郎，眼光灼烁双眉扬。
　　　　胸罗万象难输写，唯将阿堵貌四方。
　　　　四方人貌百千忆，但遇王郎匿不得。
　　　　岂独好丑开生面，兼之情性又胸臆。
　　　　鹅溪细绢素屏风，落笔惊矫如游龙。
　　　　斫垩郢人支斧叹，满堂儿女笑生容。
　　　　王郎袖手还熟视，发笔不言索象戏。
　　　　对垒高呼豹眼张，时吟西曲消吾醉。
　　　　忆余年少初生髭，貌得神来知数奇。
　　　　土木渐颓头雪色，至今见者不呼谁。
　　　　去年凄凄徒壁立，策蹇冲泥排闼入。
　　　　沽酒馨炉话风雨，回首写照岁二十。
　　　　须臾雨霁风歇狂，踏冻相携过曲房。
　　　　长病维摩肌肉皱，怜君置我天女傍。
　　　　是时坐客人相面，误对遥呼惊目眩。
　　　　挝鼓吹箫谢王郎，檐前白雪飞红茜。

王郎王郎听吾歌,世上如君人几何。
待诏羞匪终非达,恺之啖蔗得甘多。
重逢今日君非晚,却较当年增缱绻。
向后相看更何如,图中面上应犹宛。

梦张伯起[①]

　　生平不识张伯起，己丑[②]之岁，一邂逅李仲和旧居而已。其弟幼于[③]之亡其身也，伯起诚不发丧，予闻而正之。客岁晤孟长于故王孝子宅，与文起期，久之乃至。文起曰："会与张伯起诀，故迟。"因言伯起，都无所苦，殊不失洁清之概。予又闻而善之。予与伯起，如是焉已。昨梦款伯起别署，容止都雅，居然己丑所见，谓予言："五味之节可以养生，其要在均调之时，不偏其用，斯保合太和[④]。山泽之民不食盐醯，终于羸惫而无力。"又言："物有土有人，土和者上，人和者次。如蛰生于海水，能伤人，经某俎则不伤。"推此类，具言之，其言骈联[⑤]而不可穷，其仪楚楚[⑥]自贵，而遗物殆是伯起也耶？

【注释】

　　①张伯起：即张凤翼（1527~1613），字伯起，苏州府长洲（今属江苏）人，与其弟张献翼、张燕翼并有才名，吴下

号称"三张"。著传奇《红拂记》等有声于时。

②己丑：明万历十七年（1589）。

③幼于：即张献翼（？~1604），字幼于，改名敉。晚年颓然自放，多为诡异之行，携妓居荒圃中，为盗所杀。

④保合太和：与太和之气相合，见于《易·乾》："保合太和，乃利贞。"太和，指天地间冲和之气，也指人的精神、元气，如刘禹锡诗云："藜杖全吾道，榴花养太和。"

⑤骈联：重迭连接，此处形容张凤翼妙语连珠。

⑥楚楚：形容卓越出众。

【赏读】

张伯起就是明代著名戏剧家张凤翼。他在嘉靖四十三年（1564）考中举人，但随后屡举进士而不第，寄情词曲，著名的作品有《红拂记》《灌园记》等。他不但创作戏曲，而且还登台表演，是当时风流怪诞的人物之一。当时在吴县任县令的袁宏道作有《张伯起》一诗评价他："尊前《红拂传》，花下古钗书。"张凤翼的弟弟张献翼，字幼于。据今人李嘉球的文章，张献翼之死有三种说法：第一种是盗杀，资料来自乾隆时修订的《苏州府志》。当时张献翼已经七十岁，携妓住在荒圃之中，而被盗杀。第二种说法是情杀，资料来源是朱国祯《涌幢小品》，记载张献翼夺军人蒋贵的妾，被蒋贵杀死，同时被杀死的还有张献翼的门客七人，蒋贵第二天也投河自尽。第三种说法是仇杀，资料来源是道光时修订的《苏州府志》，张献翼支持抗税的苏州纺织工人，因此得罪丁元复，而当时恰好有人将此事写成戏曲《蕉扇记》，丁元复怀疑是张献翼所撰，遂雇凶杀了张献翼。另外，沈德符《万历野获编》提到，蒋高私妓一事，杀死张献翼及六七人，除了蒋高与蒋贵名字略有出入外，事情大抵相同。像朱国祯、沈德符都是张凤翼、张献翼同时代的人，所闻或许距离事实不远。至于第一种所谓盗杀，事情与第二种情杀颇多相似，很像掩饰后的版本。张凤翼因为这个缘故，大概觉得有些丢人，因此不报丧。张大复觉得这么做不对，因此来规劝张凤翼。

梦王季和

梦访王季和山中,临涧依谷,颇极野宕之致。季和敝服乱头,教小学生数人。闻某至,辍讲而出。已入,毕讲。床上图书纷披,庭中小桂烂发①,粟委香浮,逼人鼻观。某为致南零水②两坛而去。昔与季和别,在癸丑③正月之八日。今岁正月十日,询受之④,知季和山居耳。如水之交,梦寐无异,岂晋孟嘉使还⑤,当有山中人消息耶?南零之饷,殊有异意,更觅便羽告之。

【注释】

①烂发:焕发。

②南零水:即中泠泉水,位于江苏镇江金山以西的石弹山下,又名中零泉、中泠水等。

③癸丑:明万历四十一年(1613)。

④受之:即钱谦益,字受之。

⑤晋孟嘉使还:晋孟嘉赴会稽,路经永兴。高阳许询见

孟嘉经过，使人询问此人是否孟嘉。孟嘉谓其使曰："本心相过，今先赴义，寻还就君。"及归，遂止两夜，雅相知得，有若旧交。

【赏读】

　　此为梦王季和山居情状。王玉春，字季和，生平事迹见钱谦益《王季和墓志铭》（《初学集》）。关于王季和山居情由，见于张大复的《王季和》："王季和因参五云，遂携家山中，翛然自远。钱受之曰：'季和故有岩栖之适，不无禅诵之劳。'友辈禅诵如季和，斯真劳矣。未审只此便是否？昔方山子隐居岩谷，环堵萧然，妻孥皆有自得之色，山中人莫有识者。东坡过之，讶曰：'此吾故人陈慥季常也。'自是方山子之姓名可得而称云。予将诣武林，知季和在，甚善。然既已知之，便少执手熟视，一段佳话矣。""参五云"不知何事，但同《诣虎林》中"某与子将杂问五云去后事"，应该指的是同一件事。

蓬蒿人传

蓬蒿人居鹿城之东,依林瞰水,地偏而心远,居人莫详其姓氏。布衣草履,日往来市廛①中,亦不名其所与游。昼日阖户寂然,每白光起屋檐下,缘之绕树,袅袅如虹如雾如烟,则蓬蒿人焚香诵法王书②也。性温茂自喜,环堵之宫,置图书所。前后多树椅桐桂柏、异卉名花,而又能规林峦岛屿于尺沼间。朱鬣③翠藻,尽态幽阒④,小羽⑤拉烟而过,多止鸣其所,若低回不欲去者。客过之,鼻观芬馥,耳目洁清,蓬蒿人煮茗。相与语,无城府溪谷町畦之限,然亦不解吐婉媚词,亹亹近人。里长者多乐与之交,间请亦时往,既去不吝于怀。

人或谓之曰:"千室之邑,甲第连云,所为娱心悦耳之具多矣,而未有如子之食其清者。吾每入子之室,觉鱼鸟亲人,凌嚣乍远,几不知武陵畏垒⑥,故在人境矣。而子谓之蓬蒿,毋太薄其享欤?"蓬蒿人曰:"天地之大也,人处一焉。远者九万,细者一枝,斯亦分之所定，人莫移之矣。而吾于其中，曾不得所谓一枝者，聚庐而托处焉。故尝问舍于市之主人，左手抱琴书，右手挈妻子，欣然过之。席未暖而主人归，吾值则牵裳去之矣。而乃今得自适于数廛之中，故不知九万之适，一枝之细也。今夫蓬蒿，江而江焉，渚而渚焉，亦若是则已矣。且吾尝游于连云之第，所见炫转⑦荧煌⑧绮丽之观，心故泊然无所起也。归视吾庐，一卉之奇，一木之秀，辄为之欣然而满志，是其有蓬蒿之性也夫。夫何挟而自薄欤？"

蓬蒿人好奇文壮观，不能比周⑨于时。虽至昵，非其所乐，辄摇手去之。家甚贫，人亦莫有援之者。或曰：人姓陆氏，名珉，字玄晦。张子闻之曰：岂古鸿渐⑩、龟蒙⑪之苗裔耶？何通胜狎流，不轻诣屠沽儿若是也？王先生有言："心无龌龊交游浅，性喜琴书岁月闲。"斯实录矣。吴中之俗，肤清为务，如蓬蒿人，殆所谓神骨清者耶？蓬蒿人闻有奇卉怪石，殆忘其橐⑫，必求之为快。突常不能贮烟，而白光辄从檐端起，绕竹树，斯其异人之性远矣。

【注释】

①市廛：店铺集中的市区。

②法王书：指佛教典籍。法王是佛教对释迦牟尼的尊称。

③朱鬣（liè）：红色的背鳍，借指美丽的鱼。苏辙《次韵子瞻渼陂鱼》："鲸孙蛟子谁复惜，朱鬣金鳞漫如染。"

④幽阒（qù）：幽静。

⑤小羽：指小鸟。

⑥武陵：指桃花源，出自陶渊明《桃花源记》。畎垄：指乡野。

⑦炫转：光彩转动貌。

⑧荧煌：闪耀辉煌。

⑨比周：指与小人亲近。

⑩鸿渐：指陆羽，字鸿渐。隐居不仕，后不知所终。工诗，嗜茶，著《茶经》三卷，今存。

⑪龟蒙：即陆龟蒙，字鲁望，自号甫里先生、天随子、江湖散人，苏州吴（今属苏州）人。隐居松江甫里，以高士召，不至。有《笠泽丛书》三卷。

⑫橐（tuó）：口袋。

【赏读】

蓬蒿，原指蓬草与蒿草，引申为荒野偏僻之处。据此意当知，蓬蒿人指居处僻野之人。蓬蒿人可以分为两种：一种是自甘蓬蒿人，一种是不得志而不得不为蓬蒿人。《庄子·逍遥游》中斥鷃笑曰："我腾跃而上，不过数仞而下，翱翔蓬蒿之间，此亦飞之至也。而彼且奚适也？"很多人由此解出燕雀安知鸿鹄之志，实则此解并不符合庄子之意。庄子说:"鹪鹩巢于深林,不过一枝;偃鼠饮河,不过满腹。"人居于蓬蒿之间,只要心得意满,也能与物相游。蓬蒿人最早见于王僧孺《落日登高》:"宁访蓬蒿人,谁怜寂寞者?"蓬蒿人与寂寞者相对,在诗里语义相同,蓬蒿人即寂寞者。正因为这种文化上的认同,李白才有"仰天大笑出门去,我辈岂是蓬蒿人"之语。当时李白踌躇满志,以为入京便可以大有所为,未曾想自己原来只是一个过客。金末元初的元好问曾写下:"元龙未除湖海气,李白岂是蓬蒿人?"世人之中,不愿做但又做了蓬蒿人的或许不在少数。如今在张大复笔下的这位蓬蒿人,所谓"九万之适,一枝之细",正合庄子之意。

石廪山人传

　　石廪山人者，予友顾僧孺，名远，世居昆山，姓陆氏。数岁时，秀外巧倩，发毣毣①行里中，顾太公一见奇之，请于陆翁，祈冒顾姓，已试为博士弟子②，遂姓顾氏。僧孺为人倜傥，自喜警敏过人，一目两行俱下，辄成诵。虽倾盖③之谈，造次④之面，后数十年语及之，历历如指诸掌。里人为之语曰："莫愁忘，问周郎。"周，僧孺小字也。

　　十七游胶庠⑤，举止翩翩，吐词矫夭绝众，识者艳之，谓："且夕且摩天去，竟不大售。"僧孺弗措于怀，曰："吾观诸弟子，操三寸管取功名，富贵如拾地上芥，岂人事耶？夫安用皇皇汲汲为？"乃去。

　　游于酒，人自晨达暮，饮不能数合，然座有僧孺，则人人自得。僧孺亦乐与款浃⑥，欢歌决赌无所倦。人谓僧孺，与人易，都不复别择。笑不答。乃不知其阴勒雅俗，而疏密就之无混者。性好山水，遇风日清丽，足趾不自禁，必兴尽乃止。尝自恨耳目所际，不过数百里间，无奇闻壮观可以自广，语或及之，一往而深，其形欲就。与人交，款曲⑦周至，然绝不能吐匿心之语以相欢，而又不能忍其不可之面向俗下人，人或恶之，辄大喜。

中岁僦屋⑧数椽，居虞浦，卷帘昼坐，多深湛之思。披其户阒然，但闻寥寥铛响，案上汤临川词谱⑨、丘毛伯⑩文数卷而已。年四十，自号石廪山人。人问山人："子不识庐山，安取石廪？"笑曰："吾寄也。吾闻庐山五老峰水帘出焉，雪翻雷鸣，可濯可溉。吾有田二十亩，与湖通，洿不可耕，将取饩于庐山廪石漱瀑，当不令宗、雷、陶、谢⑪辈笑人。"

张生曰："予堕地先山人远甚，乃其游如兄弟，然山人好行清夜，与予同。眉眼如刻，吐音清圆，观者争道，呼为玉人。尔时自笑：'我非吾家平子，可与游，然而果掷者，不至矣。'无何，予鬓如雪，山人亦斑，文籍数卷，浦口就间择地，后蹈身，无放言，斯亦炼刚绕指之渐矣。石廪遐思，岂为是欤？"山人初名启麟，更名远，予戏字之远公，不果行。嗟乎，远公故石廪山中人也，多生前岂有因耶？山人欣然笑曰："子为我传之。"传如此。

【注释】

①鬖鬖(sān sān):形容毛发细长披垂、散乱的样子。

②博士弟子:古代博士所教授的学生。唐以后也称生员为博士弟子。此处当指生员,明代经本省各级考试取入府、州、县学学习者,通称秀才。

③倾盖:原指车上的伞盖靠在一起,引申为初次相逢或订交。

④造次:仓猝,匆忙。典出《论语·里仁》:"君子无终食之间违仁,造次必于是,颠沛必于是。"

⑤胶(jiāo)庠:学校。周代胶为大学,庠为小学。

⑥款浃(jiā):即款洽,亲切、融洽。

⑦款曲:殷勤应酬。

⑧僦(jiù)屋:租赁房屋。

⑨汤临川词谱:指戏曲家汤显祖的剧作"临川四梦"。

⑩丘毛伯:即丘兆麟(1572~1629),明江西临川人,字毛伯,号太丘。万历三十八年(1610)进士。擢御史。崇祯初巡抚河南,政事毕饬。有《学余园集》《水暄亭集》《玉书庭集》。

⑪宗、雷、陶、谢:即宗炳、雷次宗、陶渊明、谢灵运。宗,南朝宗炳(375~443),曾入庐山,就释慧远学佛学,屡征不应。雷,南朝雷次宗(386~448),字仲伦,少入庐山,师从释慧远,元嘉中,应召至京师,宋文帝在钟山西

为他建"招隐馆",为皇太子及诸王讲《丧服经》。陶,陶渊明。谢,谢灵运。

【赏读】

这篇写石廪山人,而自诩山人,正是晚明文人习气。沈德符《万历野获编》中说:"数十年来出游无籍辈,以诗卷遍贽达官,亦谓之山人。"所描述的正是万历间的山人习气。张大复友人钱谦益《列朝诗集小传·吴山人扩》中说:"本朝布衣以诗名者,多封己自好,不轻出游人间。其挟诗卷、携竿牍,遨游缙绅,如晚宋所谓山人者,嘉靖间自子充始。在北方则谢茂秦、郑若庸等。此后接迹如市人矣。"子充即吴扩。当时所谓的山人,不过是以此沽名钓誉者。他们经常活跃在王公豪族之家,更可见其山人之称,有名无实。王世贞说:"山人不山,而时时尘间,何以称山人?"批评这种沽名钓誉的山人风气。据梁绍壬《两般秋雨盦随笔》,晚明山人领袖陈眉公在王锡爵家里被人讥讽:"既是山人,何不到山里去?"作为山人,他们既要自饰为豪放不羁,又要周旋于达官贵族之家,因此谢肇淛说:"近世一种山人,目不识丁而剽窃时誉,傲岸于王公贵人之门,使酒骂座,贪财好色,武断健讼,反噬负恩,使人望而畏之。"而另一种山人如谭元春所说:"世之为山人者,岁月老于车马名刺之间,案无帙书，时时落笔，吟啸自得，而好弹射他人，有本之语，口舌眉睫，若天生是属啮啮人者。"到底怎样才算真正的山人？钱希言说："夫所谓山人高士者，必餐芝茹薇，盟鸥狎鹿之俦，而后可以称其名耳。"张大复这位友人，科举不第，而后甘为布衣，早年混迹欢乐场，中年甘为平淡，头发斑白，而有文籍数卷，是否为当时所批评之山人？读者或可细细揣摩。

文饮记

张子之社友十一人：曰狄仲鲁，曰王伯符，曰狄道叔，曰张济卿，曰戴孟千，曰许元倩，曰王仲安，曰陈鄂州，曰戴仲豪，曰许叔颙，曰葛孟文，更为文字饮，戒役者洗腆①兴尽乃罢。张子竟席饮，不过五合，然醉莫如张子者。

诸君子问曰："子醉奚②如也？"张子笑曰："适哉！吾始饮也，溶溶焉，不知其肌之沁也，輷乎砰乎，力至而酡③矣。而后乃今，若飞太空而莫之控者；而后乃今，岑岑④尔，默默尔。交睫⑤焉，则苏矣，则见子十一人者，饮自若也；几席盘匜⑥，自若也。吾将鼓势而复饮，饮而醉，醉而苏，则亦若是焉。"

已于是，诸君子以张子善酒，以其饮质焉："台奚如矣？"张子曰："壮哉乎！仲鲁氏之饮也，气定精溢，谭言亹亹⑦，则几矣，《书》不云乎：'德将无醉⑧'，其或是耶？济卿饮可百觚⑨，而不耐轮攻，献酬百拜，则神愈王，此所谓和乐而不流⑩，安贞⑪而不乱者也。

道叔馋口流沫，豪举无让，有韩淮阴[12]之略焉，多亦辨矣，然不免为高祖擒。孟千氏之甘酒若饴，汩汩焉注之而不益也，岂其有别肠耶？已嗒焉[13]，而忘其游醉乡耶？鄂州锐而多谑，谑其醉也。仲豪让，而时酣酣，故吾也。仲安墨守而已矣，奋其偏师，往往奇绝，若邓艾入蜀[14]，未易诘其所从来者。元倩且让且谑，且正且奇，且为石曼卿[15]，且为考亭氏[16]，豪耶？恭谨耶？其壶子之衡，气机耶？季咸[17]莫能相之矣。然一吸数斗，令人襟豁而情畅，则不如叔颙氏。叔颙氏之饮也，李光弼[18]之将也，旗帜明，鼓角亮矣。孟文氏淼乎，未有知其修者[19]，亦时时故作胡卢[20]语，侦之他事，皦如[21]也。然对垒搏战，终多踏坚。伯符不肯行酒，而谭锋诡特，四座绝倒，诙之上也，饮之下也。"

张子曰：盖余辞诸君子而游吴中，吴中人为余言善酒者，试之，涒[22]而已矣，以故，余之饮亦遂减五之三。世人之称饮逢知己，有味哉！有味哉！余每忆前语，作《饮记》，盖今昔离合之感，亦少概见于此矣。

【注释】

①脾：饮食器皿。见于《尚书·酒诰》："厥父母庆，自洗脾，致用酒。"

②吴：何。

③酡：饮酒后脸色变红。

④岑岑：指沉沉。出自《汉书·外戚传上·孝宣许皇后》："我头岑岑也，药中得无有毒？"颜师古注："岑岑，痹闷之意。"

⑤交睫：指睡寐。

⑥盘匜（yí）：古代盥洗用具。注水用匜，承水用盘。

⑦亹亹（wěi wěi）：指谈论动人，有吸引力，使人不知疲倦。

⑧德将无醉：指以不醉为酒德。典出《尚书·酒诰》："越庶国饮惟祀，德将无醉。"

⑨觚（gū）：盛行于商与西周时期的青铜酒器，为乡饮酒之爵也。

⑩和乐而不流：指和乐而不放纵。典出《礼记·乡饮酒义》。

⑪安贞：静而正。出自《易·坤》："安贞吉。"

⑫韩淮阴：韩信，淮阴（今属江苏）人，秦末参加项羽军队，因不受重用，改投刘邦，拜为大将军。

⑬嗒（tà）焉：形容怅然若失的样子。典出《庄子·齐物论》："南郭子綦隐机而坐，仰天而嘘，荅焉似丧其耦。"陆德明释文："'荅焉'，本又作嗒。"

⑭邓艾入蜀：指出其不意。《三国志·魏书·邓艾传》记载，三国时期曹魏名将邓艾率部自阴平，以毡裹身，推转而下，攻入成都，蜀主刘禅降。

⑮石曼卿：北宋石延年，字曼卿，喜剧饮，尝与刘潜对饮至夕，无酒色。欧阳修《六一诗话》记载："石曼卿自少以诗酒豪放自得，其气貌伟然，诗格奇峭，又工于书，笔画遒劲，体兼颜、柳，为世所珍。"

⑯考亭氏：在福建南平市建阳区西南，朱熹晚年所居之地，宋理宗崇祀朱熹，赐名考亭书院，后因以"考亭"称朱熹。

⑰季咸：神话传说中的神巫。典出《庄子·内篇·应帝王》："郑有神巫曰季咸，知人之死生存亡，祸福寿夭，期以岁月旬日，若神。"

⑱李光弼（708~764）：唐代著名将领，治师训整，参与平定安史之乱，与郭子仪齐名。

⑲未有知其修者：形容其酒量之大。典出《庄子·逍遥游》："有鱼焉，其广数千里，未有知其修者，其名为鲲。"修，大、高。

⑳胡卢：喉间发出的笑声。

㉑皦如：清晰，分明。出自《论语·八佾》："乐其可知也：始作，翕如也；从之，纯如也，皦如也，绎如也，以成。"

㉒湎：此处指沉迷于酒。

【赏读】

本文写诸友饮酒之神态，从笔法上看颇得先秦子书之意趣。第二段张大复自述饮酒过程中不同阶段的感受，与庄子之庖丁解牛笔法正同，两文都叙述了从初始到最佳状态时个人的感受。庖丁从开始"所见无非全牛者"，到三年后"未尝见全牛也"，到现在"以神遇，而不以目视"，解牛不是一项单纯的技艺，而是与人的修道相关联。简而言之，做任何事情，都可以体会到与道相结合的乐趣。张大复本不善饮，但将自己饮酒过程中的感受一一叙说，描绘自己的醉酒体验，这也正是庖丁逐渐入道的过程。张大复浸染庄子日久，不但笔法上承袭庄子，连入道的体验也大致相同，所以，这是饮而见乎道者。

接下来，张大复又叙说了各位酒友之神态，这一点更似《论语》之笔法。《论语》中记载孔子评价尧、舜、禹三人："大哉尧之为君也！巍巍乎！唯天为大，唯尧则之。荡荡乎！民无能名焉。巍巍乎！其有成功也；焕乎，其有文章！""（舜）才难，不其然乎？唐虞之际，于斯为盛。有妇人焉，九人而已。三分天下有其二，以服事殷。周之德，其可谓至德也已矣。""禹，吾无间然矣。菲饮食，而致孝乎鬼神；恶衣服，而致美乎黻冕；卑宫室，而尽力乎沟洫。禹，吾无间然矣。"这三段评论在《论语·泰伯》中连在一起，正是人物品评的滥觞。从笔法上看，抑扬顿挫，但能写出各人品德之差异；从内容上看，紧紧围绕三人的德行来展开。张大复写诸友，都是写酒中神态，但是又紧紧围绕着诸友的性格，并非漫无边际的评论，写法上，有抑扬顿挫之趣，遂使各人风致跃上笔端。所以，小品作为一种文体，就写法而言，仍然需要经典的熏染，才能将其发挥得淋漓尽致。

浪斋记

循鹿城而东南折百十步，小有水竹之胜，其地平衍，渐远阛阓①，无车马喧杂声，居民数十家，流水环之，夕阳暮雨，孤烟缕缕，曲折丛篠②间，则予友顾子之浪斋在焉。斋广十尺，着图书，前后惟古琴、木榻、陶樽、铛具③，顾子与客谈笑于此。鸟嘤篁韵，时来答人。

予家居特隘，故尝欠伸城上，西行数百武，乃返。自与顾子交甚欢，城上趾辄东向，而顾子特喜予数至，酌泉饮之，欣然忘倦。或循览墙牖间，一时韵士之什，朗吟清啸，以相娱乐。比来旅食京口④，江涛万里，三山⑤咫尺，虽复自喜昕夕豁达之观，而东城景色犹在梦寐，岂千里一枝，总喻适志？而当其栖栖旅泊，不胜空谷足音之感。则故有大毫末而小天地者⑥，斯亦人情之常然耶？

虽然，予念顾子不宁惟是，顾子家固温，即稍自检括⑦，何止仅立中人产，然绝不能忍其近俗之垢，决然舍去，穷约其身，即顾子箕视⁸进贤冠⁹，土苴⑩书生酸薄之技，纵其诗思，可以名家，而顾子曰："吾故不能效昔人呕心刳胆，徒取杀青⑪自喜，传之其人曰：此有明某山人千秋之胠。殆不足易吾一日之浪也。"

嗟乎！顾子而岂漫叟⑫懒真子⑬之徒欤？虽然，尝从顾子斋头相与语，方剧，忽焉去之，走午日中；或遍过其所与游，徜徉而归，意甚得无闷；或冷吟闲醉，周行庭宇，头触树；或及墉⑭而止者，数矣。岂顾子不念其家，不爱其千秋，而浪斋恋恋焉？虽然，王先生盖歌之矣。先生之歌曰："生与浪斋语，视汝同虚舟，恍如一叶沧溟浮。"夫如是，则予又何说以胶顾子之解？而独念予一行作客，虽江山豁达之观，曾不得以自放也，然则顾子之浪斋，谈何易乎？谈何易乎？丁巳⑮清和月，掬江水泚笔为之记。

【注释】

①阛阓（huán huì）：街市。《文选·左思〈魏都赋〉》："班列肆以兼罗，设阛阓以襟带。"吕向注："阛阓，市中巷绕市，如衣之襟带然。"

②丛篠（xiǎo）：茂密的小竹林。

③铛（chēng）具：即茶铛，煎茶用的釜。

④京口：即今江苏镇江。

⑤三山：今江苏镇江之北固山、金山、焦山。

⑥"大毫末而小天地者"：物之器量，禀分不同，随其所受，各得称适。出自《庄子·秋水》："河伯曰：'然则吾大天地而小豪末，可乎？'北海若曰：'否……由此观之，又何以知毫末之足以定至细之倪，又何以知天地之足以穷至大之域！'"

⑦检括：检点约束。

⑧箕（jī）视：轻视。

⑨进贤冠：古时朝见皇帝的一种礼帽。《后汉书·舆服志下》："进贤冠，古缁布冠也，文儒者之服也。"

⑩土苴（jū）：原指渣滓，粪草，此处作为动词，以"书生酸薄之技"为土苴，当作贱视。

⑪杀青：原指古代制竹简程序之一，后指校刻付印，此处当为后者。

⑫漫叟（sǒu）：放纵无拘束的老人。唐元结老时自称"漫叟"，其《漫歌八曲》序："壬寅中，漫叟得免职事，漫家樊上，修耕钓以自资，作《漫歌八曲》。"

⑬懒真子：指无拘无束之人。按，宋代马永卿，字大年，自号"懒真子"，著有《懒真子录》五卷；同时代葛立方，字常之，亦号"懒真子"，不知张大复所指何人。

⑭埔：高墙。

⑮丁巳：明万历四十五年（1617）。

【赏读】

浪斋之得名，因主人所谓诗文传世，"殆不足易吾一日之浪也"。这里的"浪"字，从文章的意思看，是主人之"自放"。张大复称自己"虽江山豁达之观，曾不得以自放也"，正是将"自放"与"浪"等同起来。"自放"是对庄子精神的承续。

浪斋主人为顾子贻，子贻与张大复同为雪堂社成员。张大复《寻顾子贻》诗末自注："是岁二月十四日集浪斋，赋得'家家春鸟鸣'，至今日又过此，是为十一月十七日。"

其诗为：

纸窗竹屋有余清，隐几焚香拥百城。
我自闲吟逢伴侣，隔隍流水又春声。

张大复等人常在浪斋雅集，张大复《同诸公集浪斋》诗：

好风拂户乱翻舒，携手来寻水竹居。
阶面美人初解舞，樽前落絮渐窥渠。
正愁济胜无多具，爱尔褰裳意有余。
日暮暗云吹客晚，还投车辖欲倾储。

梁园传

歌曲之称昆山，或曰自魏良辅始，其后为梁伯龙氏。伯龙之裔孙曰梁园者，字雪士，生不及伯龙时，而好传其声，又广而求之吴兴茂苑之间，集诸家之要。或曰，其原本出王问琴氏。问琴尝比音于伯龙，伯龙称善。雪士以此自喜，故事歌曲，唱字而字韵悠扬曲折，不离其母。后稍唱韵而遗其字，遂为声病。雪士知之，转气于喉，微若丝焉，发若括①焉，雅与字合，而悠扬曲折之用，时骋而不能束。识者知其气之不长也，人或尤之。雪士曰："吾师固尝云尔。"久之，而人服其得字无误谬焉。客有称张伯华善箫者，伯龙尝倚歌和之而合，则又去学为箫，而箫善，或称箫史云。

雪士貌娟好，便体而青髭，发可长八盘，被服缟素②。良辰清夜，扶路唱乐，儿女子知是雪士，争门观之。而花阴柳下，无弗愿私雪士者。尝从一妓遁去，委顿③而归。又一妓挑之，载与俱，五年弗能返。其友人诃之，然后归。而雪士私其友曰："吾故有慧剑，能随魔军，否者且诅汝矣。"其友大笑，雪士亦大笑。雪士于少年游，无所不习，而雅好自饰，平居泊然，多去炎而就澹，颇为有识者所推许。四方豪士过昆山，多问雪士安在，愿与俱游。顾独不能忍其决赌之好，每握槊④呼卢⑤，叫嚣四顾，即不持一钱，故自有百万之概。诸贵人多邀雪士与戏，对局辄迷，常震慑。雪士益以此自负，即露肘为之，勿厌也。

雪士父京、母朱，甚怜雪士。雪士亦谨事父母，有至性。即处轶乐，不忘内顾忧。父初恶，欲挞之，久乃称其孝。戚里亦无间言者。尝累月持斋素为父若母忏。初谒武当，已参补陀，诚苦自力，非复骚人雅士所堪，而雪士自以为得也。既疾，亟薰沐持诵不辍。有歌者张朗季，按拍微吟，其音如发，而气且不属矣。得年三十有五。初娶黄，生子二人。黄死，而以其一寄养陈氏。再娶徐，生子女三人。雪士泣语其妻："即不讳，勿以黄口⑥累我父母，可尽如外寄例。"闻者悲之。

张子曰：语有之，盖棺论定，其梁雪士之谓欤？夫雪士所谓闾巷年少，其行事近无赖，而诚心为质，与物多情，既死而人争伤悼之也。即其所持声歌之道，于时论未必尽合，然精之所注，人莫能摇，岂淮南王所称瓠梁⑦之徒欤？而后亦不失伯龙氏之苗裔也。雪士尝元旦礼云栖，述其告大众之语曰："但持惭愧心，只一句弥陀可了。"雪士为父母持咒甚虔，人或非笑之。听所忏语，多及其所与游、尝免雪士于贫厄者，泪苏苏下，斯亦不昧因果，进乎道者哉。

【注释】

①括：即机括，犹如机关。此处当指对发音的巧妙控制。

②缟素：白色衣服。

③委顿：疲乏，憔悴。

④握槊：古时类似双陆的一种博戏。

⑤呼卢：赌博。李白《少年行》之三："呼卢百万终不惜，报雠千里如咫尺。"

⑥黄口：幼小的孩童。

⑦瓠梁：古之善歌者。见《淮南子·齐俗训》："故狐梁之歌可随也，其所以歌者不可为也。"狐梁，即瓠梁。

【赏读】

梁雪士为张大复好友。《梅花草堂笔谈》中有很多文字与梁雪士有关，本书已选入的篇目有《董解元〈西厢〉》《紫笋茶》《梁伯龙》。此外，《西林》篇写四人月夜漫步："晚食讫，偕雪士、子琴、三倩步至西林。兔灯无火,台殿寂然。雪士作曼声数阕,栖鹃答响而已。俗以此夜占,月影隔岸可望,而不甚辨,斯为大有年,庶几近之,更余月出,更复宜人。"《梁顾》记梁伯龙与顾靖甫逸事,末及雪士:"梁雪士将诣白门,来别,辄与邹瑞卿按拍竟日。甚有愧乎,予之不知其事也。"《梁雪士》则是雪士病殁后所记:"梁雪士性癖耽歌,至忘病瘦,为人辨韵,不免取憎,故是道中人好胜应尔。雪士既病,与予坐城南角,歌春归一阕,再喘再喑,竟作广陵散。藤花村右,欲名西州门矣。"而雪士死后,张大复有《梦梁雪士赠紫牡丹》:"枕上愁听落叶风,忽逢花使出梁宫。殷勤传记春归信,犹在深深魏紫丛。"从《梁园传》看,雪士之"畸",较之梁伯龙犹胜,而祖孙二人均为张大复所赏识。雪士有才华,有性情,有癖,正是晚明畸人的典范。

沈亲传

　　练水①徐孺谷②作《青楼传》③，载沈亲婉丽状颇肖，然不能道其情念所钟，又不及其愤郁以死，予尝少④之。壬子⑤冬，梦与亲别，既觉，泪痕荧荧枕席间，私自恚⑥曰："乐天有言：平生忆念消磨尽，昨夜缘何入梦来？⑦"因欹枕纪其始末。

　　亲，姓徐氏，嘉善⑧人。父母蚕桑自给，有余缗⑨。生子二人，后举亲。八岁时，母尝携亲水侧，眉发如黛，肤凝脂，莹白可念。有沈姬从舟中望见亲，注目良久，佯呼徐母与语，而私自念：吾在风尘久，未见此娃。趣语其夫，货可居也。夫曰：敬诺，乃厚自秘，诈言买丝嘉、湖⑩间，而时时候伺，徐母在箔⑪，代母抱舟，去复来，来则系桑下，如其家，或饲亲饮食，都无所忌。

　　一日，有相人⑫相亲，两睛烁烁，颧微起，法当夭，离父母乃免。徐母信之，不知其姬谋也。时以亲寄卧舟中，姬亦如礼倩⑬媒妁⑭居间，抱为女，往来无期,后不复至。徐母使人踪迹万端,数年始得妪处,亟驰往。至则亲已及瓜破矣。亲见母,相持哭甚哀,而目游窗罅间,怳怳⑮久之,曰:"履声不恶,当是可儿。"侦之,则一美少年慕亲来者也。

亲既美艳,定情后,益复柔婉,目光烂烂不住,所着皆迷。妪又藉亲声誉,选色征歌,鲜衣华屋,桂寿长福之侣,莺喉婉转,翠袖翩翻,居然平康⑯冠。而一时蹴鞠⑰樗蒲⑱,斗鸡走马之伎,三三两两,曳踵⑲杂还。亲所当意,辄取缠头锦⑳,为客严饰㉑去,不吝怀。每花辰月夕,雨窗蛮馆,或援琴而歌,或凭床而绣,或临池挥洒,或接膝手谈㉒,双颊微丹,凝眸睇远,侍者知其念所之矣。尝读《陈史》,适与意会,不觉推案起曰:"何物小孺子,堪作男后㉓!脱不幸,与此郎同时,即为女主不恨耳。"有贵势人闻而悦之,使人百计从臾,求专外幸。亲欲邀其庇,借以辞大贾,佯承之,念不在也。

有某生者,知状,不履不衫,隔花溪跃马,故作猱㉔捷态。亲私挑之,趣婢邀秘曲房㉕与通,辄累昼夜。妪知,逐婢。自是忽忽不怡,眉宇氍氀㉖,形懒神嫚㉗,常不知其肢体所在。妪怒,白之官,判与生绝。以黄金十镒装枕中贻生,诀曰:"因缘未断,后会可期。所幸我食君鲜,君晓我爱。"后亦不复念。

去混迹梨园中，以品序人物，而一时潦倒乐工，亦未有当亲幸者。小有会，未慊，则顾司马、王京兆、梁山人曲为偿护，毋令姬知。一日，亲方与诸伶戏，冠玉履珠，萧洒绝众，忽然失措，男妆女仪。或曰：此微服冠者，前某生也。久之，亲忽遁去。

有官人重亲手谈，亲与决赌，令青髭㉘数辈视，目送未几，置子错乱，且三遗矣。自是履行无定，尝过故居，唏嘘桑下，其后遂不复见。或曰，亲独身走吴兴病且死。而是时，临川所传杜女还魂事㉙，方行江南，亲览之而泣。至《游魂》散花歌曰："莫道重泉难再晓，也须深夜散花来。"遂瞑。或曰，亲死苕溪㉚，其养女沈昭云。

病居士曰：汤先生言："情不知所起，一往而深，生者可以死，死者可以生。生而不可与死，死而不可复生者，皆非情之至也。"㉛良然。予知沈文卿久，直不难一死以酬，其急急选才之念，竟于愤郁无聊，悲歌自绝，才难不其然耶？当文卿时，江南兴于婉艳，王季昭用尼死，白生以娃毙，然季昭多爱，貌似当家；白生有为而作，文卿方之，其天性欤？其天性欤？

【注释】

①练水：在今上海嘉定区。练水为流经嘉定的一条古

河名。

②徐孺谷（1569～1609）：徐兆稷，字孺谷，嘉定（今属上海）人，明代万历年间礼部尚书徐学谟次子。

③《青楼传》：传奇小说集，明代人评价其书"文字秽媟"，已佚。

④少：轻视，看不起。

⑤壬子：明万历四十年（1612）。

⑥恚（huì）：恨，怒。

⑦"平生"二句：出自白居易《梦旧》绝句。

⑧嘉善：今浙江嘉兴市嘉善县。

⑨缗（mín）：古代穿铜钱的绳子，引申为钱。

⑩嘉、湖：即浙江嘉兴、湖州。

⑪在箔：指忙于蚕桑之事。箔，指养蚕的器具，多用竹制成，像筛子或席子。

⑫相人：观察人的体貌以推断其吉凶祸福的人。

⑬倩：请，央求。

⑭媒妁：说合婚姻的人。

⑮恍恍：心神不定貌。

⑯平康：唐长安丹凤街有平康坊，为妓女聚居之地，亦称"平康里"。

⑰蹴鞠（cù jū）：我国古代的一种足球运动，用以练武、娱乐、健身。

⑱樗蒲（chū pú）：古代一种博戏，后世亦用以指赌博。

⑲曳踵（yè zhǒng）：犹接踵。

⑳缠头锦：古代歌舞者常以锦帛裹头，以为装饰，当宾客宴集，赏舞完毕，客常以罗锦为赠，称"缠头"。此处指沈亲所得财物。

㉑严饰：装饰美盛。

㉒手谈：下围棋。见《世说新语·巧艺》："王中郎以围棋是坐隐，支公以围棋为手谈。"

㉓男后：指陈子高事。《陈史》载韩子高为陈蒨所宠幸，未及"男后"之诏。明代流行《陈子高传》，为《艳异编》《情史》等收录，记陈蒨为临川王时宠幸陈子高："人言吾有帝王相，审尔，当册汝为后，但恐同姓致嫌耳。"子高叩头曰："古有女主，当亦有男后。"王骥德据此传作《男王后》杂剧，流传亦广。从文本沈亲话语，可知其所读与陈子高故事近。

㉔猱（náo）：猿属，身体便捷，善攀援。此处形容轻捷。

㉕曲房：内室，密室。枚乘《七发》："往来游醼，纵恣于曲房隐间之中。"

㉖氋氃（méng tóng）：毛松散貌。

㉗嫚（màn）：通"慢"，懈怠，迟缓。

㉘青髭（zī）：唇上胡子曰髭，青髭即黑髭。

㉙临川所传杜女还魂事：即汤显祖《牡丹亭》一剧。临川，指汤显祖，号若士，临川（今江西抚州）人。

㉚苕(tiáo)溪：水名。其源出浙江天目山之南者为东苕，出天目山之北者为西苕。两溪合流，注入太湖。夹岸多苕，秋后花飘水上如飞雪，故名。

㉛"汤先生言"云云：见于汤显祖《牡丹亭题辞》。

【赏读】

张大复引白居易的诗"平生忆念消磨尽，昨夜缘何入梦来"，说明沈亲与他有过一段浪漫往事。但是从文中所述知，沈亲所念者又不是张大复，而是沈文卿，所以沈亲之死，张大复批评他"直不难一死以酬"。从这些叙述看，张大复虽非沈亲所眷念者，但他对沈亲之情感仍旧真诚深切。他之所以为沈亲作传，也是因为对徐孺谷《青楼传》中所载的沈亲事迹不满。《青楼传》虽然没有流传下来，但时人孙能传在《剡溪漫笔》卷五"文字秽媟"条中曾提及此书："至于俗传《如意君》等传，乃近日吴下《青楼传》所纪松陵善战，尤污辱翰墨，嬴秦一炬，焉可无也。"又说："以笔墨劝淫，于我法中，当犁舌之狱，文士宜以为戒。"孙能传将《青楼传》与《如意君传》相提并论，可知两书内容差不多。《如意君传》为"中篇文言小说"，文体应与《青楼传》相同。《中国禁毁小说大全》所载《如意君传》提要说："本书极写武则天之'秽行'，全书近一万字，而性行为描写文字约占三分之二,以后《金瓶梅》等书的性行为描写多受其影响。"那么,孙能传批评《如意君传》《青楼传》正因此。知道这一点,也就明白为何张大复对《青楼传》所写沈亲事迹不满。张大复笔下的沈亲是一位至情女子,借此也可以看到他对待女子的态度。

卷五 清言

轻雪霏霏,拥炉列坐,玄言如屑,忽忽如昨日事。

与张宾王书

　　此夜赠兄桃花蜡，还忆之否？此蜡需水而明，春雨且至，望兄内守光气，全而出之。来年上巳[①]前，听人说西北上有卿云拱日，是桃花得事之时，沥酒[②]相贺无疑耳。委巷携手，水侧分袂，彼此步步惜别，更觉兄念深至，言外意先，令人凄感。空青[③]之约，弟即不能至，愿取作水观，常令轮廓清凉，毋忘仁兄无穷无已之思也。别后十日，得汉上李愚公信，情词慷慨，多勇壮之色。又明日，闻衷一发吴阊，据鞍顾盼，习习生风，乃知横槊赋诗，人须仗铠鲜耀，直可坐胜，兄岂以弟言为非是耶？有书到汶上，为致王先生，东南半壁，全望此老撑持，何论故人私念。发硎[④]之锋，三年淬砥，蛟龙犀兕，不足为断矣。亦曾有数行寄白雉老，想必达，不复烦兄。朔风初紧，顺时加餐不次[⑤]。

【注释】

①上巳：古代节日名。汉以前农历三月上旬巳日为"上巳"，魏晋以后多改为三月三日。这一天，人们都到水边洁身或嬉游，以去除不祥。

②沥酒：洒酒于地，表祝愿或起誓。王建《岁晚自感》："沥酒愿从今日后，更逢三十度花开。"

③空青：本为孔雀石的一种，引申为青绿色或青色的天空。"空青"一词多用于写秋景，如李商隐《河阳诗》："堤南渴雁自飞久，芦花一夜吹西风。晓帘串断蜻蜓翼，罗屏但有空青色。"此处"空青之约"可能指秋日之约。

④硎：磨刀石。

⑤不次：旧时用于书信结尾，意即不详说。

【赏读】

书信在古代是相距遥远的友人间重要的联系方式。这种方式虽远不及今天的手机与网络便捷，但是一笔一画写在纸上，总归较今日冰冷的屏幕多了份温度，而驿寄梅花，鱼传尺素，又有一种期盼的美。

张宾王为张大复友人，此信正是为前去参加科举考试的张宾王鼓劲的。既是寄给朋友参加考试的信，必是满满的祝福，所谓"卿云拱日"是祥兆，"桃花得事"是美好的祝愿，"发硎之锋，三年淬砥"，更是鼓励应试者的信心，为之勃发鼓舞。写信给参加科考者，可能内容会流于客套，让人觉得虚情假意，这样的信自然也更难出新。怎样才能写好这样一封信呢？那就是结合两人的交情娓娓而谈，才不至于给人一种空洞无聊之感，而这也正是张大复小品文的妙处。赠桃花蜡，携手共游，诸多细节的加入，让人读来倍觉亲切。

张宾王癸卯应天府乡试第二，世皆呼为张解元，但自此困于科场，郁郁辞世。张大复《天忌》："张宾王耳热后细诵新义，大有迟暮之感；更复自疑笔底颓索，其意殊可念也。某谓天生才具，除自免外，决无干休之理。宾王墨楮间，晶晶宝色，岂终埋没？李衷一自癸丑开榜后，誓别长安，家居自老。然目光四射，持论亹亹不休，恐须一战。李愚公内外忧阻，故不碍其迈往之气。苴经一人，定自虚席。人言袁小修笃疾，宾王云：'此妄传耳。'丁未之役，当事者竟觅小修，至取薄蹄戏书袁胖卷已落吾手，务相矜眩，今复十年于此矣。天与之，天忌之，此真不可解也。"又张大复《奉哀张宾王解元》：

> 句曲才名横两都，漫漫长夜得知无。
> 山东李白乘云去，溟海何仙带鲤徂。
> 双剑沉渊空北斗，孤琴流水咽清湖。
> 少微星落贤人隐，徒使吞声泣野夫。

与临川汤先生书

匡庐①在望，梦想殊劳！自分此生永无与乎荡胸抉眦之观，而金溪徐某以汶上公信至，明珠满把，花雨缤纷，顿令五世长夜之籍，尽耀光明。乃至伧父②小技，不堪瓴覆③，而先生辄借嘘云④之义，许以灵秀蜷媚、夭矫⑤凌突⑥之龙，他年腐语⑦消落，玄晏⑧独存，其为光宠，何可云喻！即先生有意哀怜之，如来教所云，数冬不遘一春，恒夜不经一旦，从今以往，夫既已春之而旦之矣，铭刻铭刻！敝乡俞氏女，年十三，偶读先生所演杜丽娘事，适感心疾，把玩四年，手不停批，能以细楷注先生之所不欲言，翼丽娘之所未尝言，大是奇事。惜乎十七竟夭。某得观其手泽，曾用副墨托闽中谢耳伯送上，不知必达否？幸先生怜而存之。某不识天根⑨元石，何从见誉？当犹耳而未之目耶？青丘一片石，尚候先生另洗一方世界。来教既得路符不类，某几几望之矣。徐君促行甚急，不尽欲言。

【注释】

①匡庐：指江西庐山。因汤显祖为江西抚州人，故张大复以匡庐比美汤显祖。

②伧父：粗鄙之人，这里是张大复自谦之语。

③瓿（bù）覆：喻著作毫无价值或不被人重视。此处表示自谦。

④嘘云："嘘云轩"为张大复坐馆常州之居所，汤显祖为撰《张元长嘘云轩文字序》。

⑤夭矫：飞腾的样子。

⑥凌突：冲撞。

⑦腐语：陈腐之言，老调。

⑧玄晏：高雅之士。张大复自谦以后"腐语消落"，即谓自己所著的文章散佚不存，而汤显祖这样高雅之士的赞誉尚能流传，自己因此感到荣幸。

⑨天根：本为星名，即氐宿，东方七宿的第三宿，凡四星。《国语·周语中》："天根见而水涸。"引申为自然之禀赋。

【赏读】

此文有两层意思。一层是感激汤显祖为自己的集子作序；一层是将俞娘批点《牡丹亭》告知汤显祖。有关俞娘事迹，见本书所选《俞娘》。汤显祖所撰《张元长嘘云轩文字序》称:"近吴之文得为龙者二。龙有醇灏丰烨,云气从瀹郁而兴,幽毓横薄,不可穷施者,钱受之之文也。有英秀蜷媚,云气从之,天矫而舒,凌深倾洗,不可测执者,张元长之文也。受之之文已贵。独元长废然家居,尚未有贵而独行之者。"此处称赞吴地文章大成者,只有钱谦益与张大复两人。汤显祖又说:"出入元长指吻间,而天地古今人理物情之变几尽。大小隐显,开塞断续,径廷而行,离致独绝,咸以成乎自然。读之者若疑若忘,恍然与之同情矣。亦不知其所以然。然则元长不尝试为墨程习乎。曰,彼以灵性习之者也。度其十余年中,习气殆尽。故伎巧至于斯。善乎王公题其文曰《嘘云》。言嘘气成云也,龙也。龙何习哉?"称赞张大复文章无八股文习气,而能以灵性自然成文。张大复文中所谓"嘘云之义"即指此一节。而此一节,也是张大复文章在当时所获最高评价。

答赵长白书

今年四月中始得去岁所惠书,字字真切,铭刻铭刻。仆病眼五年,绝未尝求金篦于医者之手,所以至今不能脱然。然惟不敢望今人以华佗之篦①,所以至今尚能见物也。治内之说,敢不敬承,然细思之,吾自有眼,非鼻上眉下,所谓五轮八廓②云者。此眼常在,到处能开,彼一双有开有闭之眼,好亦得,不好亦得,与某何涉,而必忧之而必治之也。五月梅雨,但吃杨梅麦饭,此是人间从来不可必之福,而翁少之耶?仆计抵家时已无杨梅,第买淮麦数斗作饭,翁为我觅冰鲫③侑之,何如?笑笑。

【注释】

①华佗之篦:金篦是古印度医生抉盲人眼膜所用金属器具,《涅槃经》卷八:"如百盲人,为治目故,造诣良医。是时良医即以金鈚抉其眼膜。"杜甫《谒文公上方》诗中有"金篦刮眼膜"句,用的正是佛经典故。《后汉书》《三国

志》等均未记载华佗用金篦治眼疾，今查得明嘉靖年间陈耀文所辑《天中记》卷二十二"刮膜"条："魏武帝病眼，令华佗以金篦刮膜"，但未注明出处。张大复或许阅读此类类书而误认为华佗以金篦为曹操治疗眼疾。

②五轮八廓：传统中医理论，主要依据《灵枢·大惑论》将眼部划分为五，分属五脏。五轮为肉轮、血轮、气轮、风轮、水轮；八廓是将眼部划分为八，为天（乾）廓、地（坤）廓、风（巽）廓、雷（震）廓、泽（兑）廓、山（艮）廓、火（离）廓、水（坎）廓。

③鲥：鱼名。似鲂而肥美，江东四月有之。

【赏读】

赵长白为张大复友人，曾著《茶史》。张大复《茶史》篇："赵长白作《茶史》，考订颇详，要以识其事而已矣。龙团凤饼，紫茸惊芽，决不可用于今之世。予尝论，今之世笔贵而愈失其传，茶贵而愈出其味，此何故？茶人皆具口鼻，颖人不知书。宁天下事未有不身试之而出者也。"

与陈眉公①书

吴水稽天②,鱼虾杂处,诸小根器③人兢兢自缉④,祈免面目之耻。尝苦不给,而仁兄独能倡义拯溺,俾⑤人人免于乌鸢之患。又别诸善良,而调护之饮食、坐具,事事安稳。一时蒙袂待哺者,不生嗟来之感。善世法门,广大自得,讵可⑥思议。不肖弟闻之,欢喜赞叹而已。昨春慢别仁兄,兼慢吉甫,至今耿耿,久欲修候,而岁祲⑦居贫,不欲辄以姓名重烦知己忧念。但有自东方来者⑧,私讯起居,欣尔竟日,而僧某固请弟为介,祈以笔墨作佛事,弗能拒也。且知仁兄有愿力焉,留念留念。樊孝介祠前,一片石扫待。董太史曾附数行于其弟季常使者,并从臾⑨之不尽。

【注释】

①陈眉公:即陈继儒,松江华亭(今属上海)人,号眉公,隐居不仕,诗书画名重当世。

②稽天:至于天际。形容水势盛大。

③根器:佛教语。禀赋,气质。

④自缉:"缉"字本指把麻搓成线,此处指人人自修成果。

⑤俾(bǐ):使。

⑥讵可:岂可。

⑦岁祲(jìn):一年到头妖气弥漫。祲,不祥之气,妖氛。

⑧东方来者:松江在昆山之东。

⑨从臾:即从谀,怂恿、奉承。

【赏读】

这是一封写给友人的书信。题目中提到的陈眉公,便是明代的文学家陈继儒。陈继儒,字仲醇,号眉公、麋公,隐居小昆山,工诗文、书画。陈继儒与张大复交往颇多。陈继儒身处于明代党争最激烈的时代,虽颇有文名,却终身隐居不仕。其盛才在外,年少时三吴名士便争相与他结为师友。张岱在《自为墓志铭》中将六岁得眉公"吾小友也"之赞引为傲事,亦可侧面看出陈继儒名望之高。眉公虽一生未曾出仕,却能够周旋于达官贵人之间,且不为一己私利,反而将地方利弊、人民疾苦都系于心间,着实难能可贵。所以在书信的开篇,作者便以吴地的"诸小根器人"与眉公相比,来称赞他的仁德。

陈眉公虽身处凡尘俗世，却偏偏能不与俗人同，恰如其自己所言，纷纭境上，得镇定之操；秾艳场中，存淡泊之守。他不仅能够匡扶正义，救困难的人于水火之中，又能够面面俱到，不为小人所嫉。眉公在救助他人时，无论是日常所需之衣食，还是出行所用之器具，皆能够安排得周详、不落差处。其中最为难得的地方在于，他并不以自己能够救助他人而心高气傲，而是能够平等地对待每一个人，使受惠之人无受恩之感。如此行事，怎能不使人佩服？怎能不教友人心生欢喜、忍不住赞叹呢？佛法向善，眉公行事正合诸善法门，于天地之间有此修为，实在令人敬佩。

与王孺和书

夜偕张仲看月,知足下亦看月也。某语①仲:月色冷淡,甚似孺和。仲问:两人何似?当似梨花溶溶②,不妨清冷。《三花赋》已就,便请佳笺细楷与之。

【注释】

①语:告。
②溶溶:明净且洁白的样子。

【赏读】

此文短小清雅。张大复的小品文不标高格,只以平易随和见胜,可见其知足常乐,与友人书信亦如此,无忧即是乐。此篇造语浅易,所遇之景,所想之情,娓娓道来,颇有几分东坡的味道。以月光写人物,这样的手法,是人性与自然的一份沟通。同样,在那广阔的月色里,寂静的夜晚中,都容易让人感到时间与空间的存在,寓情于景,自然而然地回忆起曾经与友人交谈甚欢之时,如今未尽之语可与谁道?

答朱白民书

达长老①到舍,出手教再读《芥庵塔铭》,慰涕不可言。律轨之义,弟所不知,因是遂起断凫一念,恐亦不须太早主张。人生忽忽如朝露,孟浪②如弟,真天壤间虚生虚死物耳。鸡猪鱼蒜,遇着便吃,弟已不敢,生老病死符到便行。弟力守之,恐亦不怕我不守也。山中安稳,方寒自爱,以幻修幻,则久有闻于君子矣。阳月初,尚一见兄,然后礼寒山竹坞也。八月十九日,弟大复启。

【注释】

①达长老:达观禅师(1543~1603),名真可,字达观,晚号"紫柏老人",江苏吴江(今属苏州)人。与当时文人交往密切,如汤显祖、袁宏道等均受其影响,张大复诗文中也多次提及。

②孟浪:言行轻率、冒失。

【赏读】

此篇写达观禅师对自己的影响。达观禅师是当时一位影响力很大的禅师,他不但主张调和禅宗各派,而且认为三教本同。张大复此文提到达观禅师教他读《芥庵塔铭》,未详此文出处,但此文当与参悟生死有关。达观《与赵乾所》其七:"惟直心直置身心于无何有之乡,饥来吃饭困来眠便了。倘豪逸习病发作,一味看得自大了,则我相不异乎无何有乡矣。且道这个时节,豪逸习病,置之何地?幸无忽此。此是奇男子家常茶饭,外此别求,皆即外道。直心果能见此透彻,触境用得,则向之与直心为怨府者,皆直心入道之资也。何怨府之有哉?"可与张大复此信对读。朱白民禅修,见张大复《白民题壁》:"楞伽山石佛寺有白民偕诸禅学岁朝放生偈,读之快甚,自愧非吾所及。夜卧白石轩下,遂不成寐。因忆东坡云,此处有甚么歇不得。吾闻其语,毕竟未见其人。盖豪杰之士,回头转步,岂不斩截顾念?胸中有一分拖带,瞻前顾后者,皆歇不得者也。然快活受用如白民,吾见亦罕矣。遂命守淳书其事,岂惟吾老自弃,即茕茕两孙子,不及朱子收耳。偈云:'立春日放生,石湖水正新。龟鱼波浪阔,安度有观音。'"

与杨长倩书

十年之别,恍若隔世。杜少陵云"此心炯炯君应识"①,当不须喋喋也。昨遇伯称于道,起居湖上楼无恙。烟光云态,尽供囊中,五色致足乐耶?伯称言长倩念仆胜仆念长倩,闻之欲涕。仆今年七十四,疲极矣。十年来,为女家大难,几唊虎口,遂不敢复兴海内诸友相关。而兄犹谆谆存之,不置口颊,古人之谊,复见于兄耳。铭刻,铭刻!镇泽五湖,啼烟啸雨,令人不忍措念。太阳甫旭,于老人真有少缓须臾之待,徐当自及,然后望松陵号绝一场也。中间何所不有,付之奈何而已。太权宦游西蜀,能作冰霜傲吏,圣人不卑小官,见正如此。伯称,吾故人存江孙也,忆与此老拥美人,笑呼虎丘石上,去今五十矣。垂尽之物,又遇其孙,得聆仁兄謦欬②,凄感可知。拾楮③无他言,唯饱饫④湖光,倍万珍挦阴晴朝夕,如此而已矣。临楮不胜驰恋。

【注释】

①"此心炯炯君应识":出自杜甫《逼仄(一作侧)行赠毕曜》。

②謦欬(qǐng kài):原指咳嗽,此处借指谈笑、谈吐。

③楮(chǔ):纸的代称。

④饫(yù):饱食。

【赏读】

张大复《青溪杨长倩见枉草堂留酌》:"十年不共采江蘋,此日茅堂共主宾。执手相怜看白发,秋来又见几茎新。"信中有"十年之别",诗中有"十年不共采江蘋",当为同时之作。大概张大复此信寄给杨长倩后,有杨长倩之来访。

张大复朋友多为布衣,这封书信娓娓而谈,多性情真挚之语,大概平生交际,能同白发者已不多见,故此尤为珍贵。比张大复稍晚的程嘉燧,曾在晚年写信给其友人说:"大抵吾辈多属情痴,少年志猛气盛,又不自爱,今各半百,垂白衰病,岂非应得?屈指交旧,入鬼箓者,侥幸已多。若论五浊恶世,阳焰空花,本不足沾恋。兄是有信根人,趁此病苦,当勤精进,如救头然。平日信服,不论僧俗胜友道师,得其一言半偈,自求解脱，悬崖撒手，明了一大事，所谓朝闻夕死，正在于此，才不枉却平日些子聪明也。"或许正可作为张大复这封书信的一个注脚。张潮论友道说："云映日而成霞，泉挂岩而成瀑，所托者异，而名亦因之。此友道之所以可贵也。"正当如是观。

与曹葛里先生书

夜过赵陵①，少憩碧梧僧舍，不觉怆然。忆惟不肖侍先君子从长者游于此，此时同云密布，轻雪霏霏，拥炉列坐，玄言如屑，忽忽如昨日事。今之来也，龛灯②无焰，尘埃满床，而碧梧化为乌有矣。虽泡影何常，无足深讶，第以负痛之幻躯，俯仰今昔，能不凄绝痛绝？长者闻之，定是掩袂雪涕也。慈济邀过昭庆庵，千望如约觅小舫同载。

【注释】

①赵陵：即昆山赵陵山。
②龛（kān）灯：佛龛前的长明灯。

【赏读】

本篇主旨本为约曹葛里先生见面，但张大复却在两次赵陵的经历中，生发出泡影无常与个体的情感经验，亦即参悟佛理与真实的人生关系。"泡影"出自《金刚经·应化非真分》:"一切有为法,如梦幻泡影。如露亦如电,应作如是观。"用来比喻事物的虚幻不实,生灭无常。佛教以梦、幻、泡、影、露、电,喻世事之空幻无常,也称之为"六如",而这四句就是著名的"六如偈"。《维摩诘经·方便品》载,维摩诘大士谓人身如梦,"为虚妄见";如幻,"从颠倒起";如泡,"不得久立";如影,"从业缘现"。按照佛教的这些解说,张大复所叙往事不足道,但为何痛绝?这就是人生的真实情感的体验。白居易《对酒》:"漫把参同契,难烧伏火砂。有时成白首,无处问黄芽。幻世如泡影,浮生抵眼花。唯将绿醅酒,且替紫河车。"紫河车是道教修炼长生的仙液,但白居易说人生如泡影,不求长生,而寄于酒中,与参悟佛道比,更强调个人体验。

答朱方黯书

六月十六日，接使者带回一札，省味久之，真有无言涕零之感。顾惟衰钝，曾何招妒之能；白首童心，不忘敝帚之视。而罹痛已来，老态衰征，种种自觉，亦时令见者失讶。颐敛额蹙，面孔上仅余五管①而已。造物劳吾以生，厚吾以痴绝，所得固多，何敢兼望陇蜀②，更挑天怒乎？即今者骨肉销亡，必由定数，而对客谈笑之际，隐痛根心，语言失次，此则人情之固然，非关排遣之不极。老牛舐犊之爱，实钟厥③心，置之不足道也。从今以后，水到渠城④，流行坎止⑤，此念愈切，见亦愈定，决不敢瞻前顾后，自取捐殒，足下无深念仆。

吴蜀万里之观，今在几席，可胜华丽，乃又与今古第一流旦暮相遭，足下其亦有珠玉在旁之想乎？自爱自爱！家乡绿云千顷，尽可娱目，未易疗饥。而物情噂沓⑥，反覆仓皇，朋友蹙蹙往来，无非瓶储纸裹之见，甚且为含沙射影之谋，积习生常，随波逐浪。静言思之，即足下刺促⁷半楹，超然物外，犹可以自得而无恨，而况举目运踵，无非江山豁达之观者耶！愿言惜福，勉思未至。

仆少游浮玉⁸诸山，如宫边老人，乍睹金翠，如梦亦如痴，不复了了。犹忆长廊下看月，适当盂兰盆会⁹，法乐齐鸣，反出水底，烟雾浮昱，不知身之在何许也。夜阑更寂，山下都砰訇镗鎝⑩之声，念风水吞吐，与空相遭，偶露其奇，诚如昔人之论，而说者谓此山形似莲花，真有铜柱砥之，故声如钟鼓，嘈哢⑪不绝，未暇细考也。岁乙未⑫，又一至焉，寻访秀头陀于妙高矶上。盖时所皈依，称为有道者。一见辄及诸延之，以此知延之固自不俗。丁巳⑬岁，又与陈元石约晤于此，有物败之，不果到，而元石死矣。不知山中人亦尚有识元石者否？少慕希阔⑭之行，登临兴故亦不浅，天矐⑮其眼，又蹇其足，又厄其资。昨览印长老东坡居士遗像，事便清娱半日许。足下有意慰其岑寂，又好冥搜⑯，于此一事，幸毋秘所得金玉其音耳。

廊下石刻秽人⑰，居士与印老书犹无恙否？书字抵此，而孤孙出所惠书相示，岂胜铭刻！仆语二孤，但持此纸，便可令而父不死。诗文集一百余卷，度可两岁卒业，题曰《梅花草堂前集》，男张桐编校。七十二岁人，犹向此后求续耶，痴绝何如？安淳性纯谨少颖，次者时见警敏，懒慢不精紧，但各有一得，守吾训、不窥户外耳。知足下所欲闻，及之。昨问使者，云蕴老淹绵如昔，湛师亦在蕴老许，为寄两翁，杜子美云："与子成二老，来往亦风流。[18]"世尘滚滚，可不须更问也。贺无因薄命如此，云阳[19]路上，斯人那可复得？二绝句附呈所见。

【注释】

①五管：指五脏的腧穴。《庄子·人间世》："支离疏者，颐隐于脐，肩高于顶，会撮指天，五管在上，两髀为胁。"郭象注引李颐云："管，腧也。五藏之腧皆在上。"腧（shù），人体上的穴道。

②陇蜀：比喻人心不足，所求无厌。《后汉书·岑彭列传》："人苦不知足，既平陇，复望蜀。"

③厥：代词，其。

④城：当为"成"之误。

⑤流行坎止：顺流而行，遇险即止。比喻行止进退视境况而定。出自《汉书·贾谊传》："乘流则逝，得坎则止；纵躯委命，不私与己。"

⑥噂（zǔn）沓：议论纷纭。

⑦刺促：忙碌急迫，劳碌不休。

⑧浮玉：此指江苏镇江的金山、焦山。

⑨盂（yú）兰盆会：据《佛说盂兰盆经》，农历七月十

五日，佛弟子目连听从佛言，置百味五果，供养三宝，以解救其亡母于饿鬼道中所受倒悬之苦。南朝梁以降，成为民间超度先人的节日，是日延僧尼结盂兰盆会，诵经施食。

⑩砰訇鏜鞳（pēng hōng tāng dā）：形容波涛或水浪拍击的声响。

⑪噌吰（chēng hóng）：多用以形容钟鼓声，此指波涛拍击的声响。苏轼《石钟山记》："余方心动欲还，而大声发于水上，噌吰如钟鼓不绝。"

⑫乙未：明万历二十三年（1595）。

⑬丁巳：明万历四十五年（1617）。

⑭希阔：不平常，罕见。

⑮矐（huò）：使眼睛失明。

⑯冥搜：尽力寻找，搜集。

⑰秽人：鄙俗之人。葛洪《抱朴子·行品》："观道义而如醉，闻货殖而波扰者，秽人也。"

⑱"与子成二老"二句：出自杜甫《寄赞上人》。

⑲云阳：原作为地名，指秦云阳邑或指今江苏丹阳。此处可能用云阳台的典故，指云梦泽中高唐之台。司马相如《子虚赋》："于是楚王乃登云阳之台。"

【赏读】

此信颇长，可分为四个部分：谈自己的近况，勉励对方，追忆自己旧游，最后谈书稿刊刻及亲友近况等。

张大复有一首诗《望西城喜闻方黯起色》:

> 零雨春城十日泥,小窗延绿接城西。飞红叠翠花无数,巧舌蛮喉鸟乱啼。应接不遑愁独在,提携欲去路还迷。俄闻春色归公子,极目江皋听马嘶。

诗中所叙何事不详,但于朱方黯自是好消息,或许就是朱方黯的金山之行,张大复的喜悦之情才见于诗中。此信当是朱方黯"起色"之后寄来。信末提到的两首诗,收在《梅花草堂集》卷十六《方黯书到,云金山寺有佛印长老、东坡居士金像,百年前出之妙高台下,今在息机常住,作诗赠之》:"可是庐山佛印宗,香花经卷伴坡翁。妙高台上千江月,总在西江一吸中。"诗末小注:"王璧之一口吸尽西江水。"《又作此复朱方黯(朱云掘地得像,常时有沉碑想耶)》:"尝叹参寥刻幻供,何妨游戏镂天空。当时岂有沉碑想,牢落千年起蛰龙。"此诗第一句末小注:"参寥刻怪石供先生戏之,曰:供者,幻也;刻之者,亦幻也。夫幻何适而不可?"诗末小注:"先生诗云:'世间惟有蛰龙知。'"这里的"先生",当指苏轼。由此可知朱方黯自金山寄来的信,提到了所见苏轼之金像,而张大复闻之而喜悦。那么,可知张大复信中所忆浮玉旧游,自与苏轼有关。据此,可见张大复对苏轼的喜爱之深。

《甲寅日纪》题辞

文可一日而数义，不能一义而一日，盖有恒若斯之难也。予自少挂名举子之业，岁计或有余，日计必不足。中年废视，忽忽无所用心，弄翰①戏语，虽复杂然而至，其间或竟月不成一字者，亦数矣。载甲之初②，生计萧索，形质颓敝，又更病瘦死丧忧患之感，而触事兴怀，随手疏记，得五百九十五则，为叶二百四十八，为卷凡四，题曰《甲寅③日纪》。笔墨零杂，亦所时有，按日考业，未有恒于此时者矣。昔曹孟德言："老而能学，惟吾与袁伯业。"④予深有味其言。惜乎！感慨谈笑之作，不足与于学问之道也。

【注释】

①弄翰：操笔写字或绘画。古代以羽翰为笔，故称笔为翰。

②载甲之初：指甲寅年初。

③甲寅：明万历四十二年（1614）。

④"曹孟德言"三句：出自《三国志·魏书·武帝纪》注引《英雄纪》："太祖（曹操）称：'长大而能勤学者，惟吾与袁伯业耳。'"原文与张大复所引有异。张大复所引可能受到苏轼影响，苏轼《与程正辅七十五首之十六》所引"孟德有言"与张大复引文正相同。

【赏读】

刘向《新序》记周舍立于赵简子之门三日三夜，赵简子问他能做什么，周舍说："愿为谔谔之臣，墨笔操牍，随君之后，司君之过而书之，日有记也，月有效也，岁有得也。"这大概就是日记之雏形。古人有"左史记言，右史记事"之说，又说"君举必书，无论大小"，但这种记录是否像周舍这类日记则是很难判断的。周舍所为之日记，后来演变成了"起居注"，当然这属于君主的"日记"。文人之日记，自宋代兴起，属于笔记之一种。明人贺复徵编《文章辨体汇选》专列"日记类"："日记者，逐日所书，随意命笔，正以琐屑毕备为妙。始于欧公《于役志》、陆放翁《入蜀记》，至萧伯玉诸录，而玄心远韵，大似晋人。"张大复自甲寅起写日记，后辑成《梅花草堂笔谈》，《甲寅日纪》正是这一部大书之初始阶段。从这篇题辞，可见其写日记之心得，对今人写日记或不无启发。

台行记题辞

　　余生不能游而好涉其事，自幼读两司马上会稽、探禹穴、来观七泽之书①，心壮之，然恨不尽其梗概。已读嘉靖诸君子②纪游之作，如北地③位置庐山，山东④刻画太华，琅琊⑤谱牒⑥岱宗，所谓高文大册，与天不朽。然恐眉疏眼巨，不亲小物，山灵岂得无知己未尽之感。废视以来，块处一室，尽观公安⑦、景陵⑧种种笔乘⑨，镂空画天，时坠时陷，可怖可喜，顾恐但见性情，又岂得无佻巧⑩淫佚⑪之疾，令后来观者堕其云雾，盱⑫嘻久之？

　　今年夏履仲归自东瓯⑬，就余谈耳目所际，欲活欲舞，予请其似。履仲曰："古今善游之辈，到此不能不思笔墨，既落笔墨，辄为拾唾者攘⑭去，乱坠天花，夸张形势，以吾观之，毕竟无可举示处。顾取奚囊⑮，出一编相示，曰《台行小记》。余始辗然，曰："咄咄，履仲进乎游矣，此嘉靖诸人之所不及详，而公安、景陵祖诧跌宕时凛凛明神，然后落墨，不负山灵，不欺独见，而了然心手者之所作也，天曜予目，乃不意偿之履仲之手，回首视息⑯时，亦尝有一寸心思荡胸决背，五洩台宕⑰间，意可必得，究竟不及至。闻人谈说辄生妒嫉，想亟取会稽陶先生⑱路程记，一再命展合不合，正半差用自遣。"览履仲是编，详于会稽，正视公安、景陵，而尽汰嘉靖间穷大傲岸之色，如坐秋空月明林中，可数毫发，令人直欲妒杀。昔龙眠居士⑲作《山庄图》，可令后来者不问而知其名，不名而识其人，愿履仲刻而传之，以信无可举示处。履仲一一举示，出为兹山，世世作缘，则余亦有私誓焉已。

【注释】

①两司马上会稽、探禹穴、来观七泽之书：汉代司马迁《史记》叙其到会稽寻访大禹遗迹，司马相如《子虚赋》叙云梦之泽等。

②嘉靖诸君子：指明代复古派"前七子"（包括李梦阳、何景明、徐祯卿、边贡、王九思、王廷相、康海）的散文之作，该派散文学习秦汉散文，但剿袭模拟，缺乏新意。

③北地：指李梦阳，陕西庆阳（今属甘肃）人，庆阳古称北地，故李梦阳亦称李北地。其乃"前七子"之一，以复古为己任，诗宗杜甫，文则诘屈聱牙，作有《游庐山记》。

④山东：指李攀龙，山东历城（今属济南）人，字于

鳞,号沧溟。与王世贞同为复古派"后七子"魁首,操海内文章之柄垂二十年,而其文章失之模拟生涩,作有《太华山记》。

⑤琅琊:指王世贞,太仓(今属江苏)人,字元美,号凤洲,又号弇州山人。与李攀龙同为"后七子"领袖,主张文不读西汉以后作,诗不读中唐人集,以复古号召一世,作有《游泰山记》。

⑥谱牒:原指记述宗族世系之书,此处指为泰山作记。

⑦公安:指以袁宏道为首的"公安三袁"和江盈科、陶望龄等人的公安派散文创作,这一派标举"性灵说"。

⑧景陵:即竟陵派,以钟惺、谭元春为代表,所作散文承袭公安派的直抒性灵,同时更重视境界的深幽孤峭。

⑨笔乘:笔记,一种以随笔记录为主的著作体裁。此处当亦指公安、竟陵所作的游记。

⑩佻巧:浮华小巧。

⑪淫佚:纵欲放荡。此处均指文章而言。

⑫盱(xū):张目。

⑬东瓯:今浙江温州。

⑭攘:侵夺,偷窃。

⑮奚囊:《新唐书·李贺列传》:"(贺)每旦日出骑弱马,从小奚奴背古锦囊。遇所得,书投囊中。"后因称诗囊为"奚囊"。

⑯视息:只能用眼睛看,用鼻子呼吸,含有偷生苟活

之义。

⑰台宕：天台山、雁荡山。雁荡山亦名雁宕山。在今浙江乐清东北。

⑱陶先生：即陶望龄，明会稽（今浙江绍兴）人，万历十七年（1589）会试第一、廷试第三名，翰林院编修。他在散文创作上追随袁宏道，是公安派的代表人物之一。

⑲龙眠居士：即北宋画家李公麟，神宗熙宁三年（1070）进士，好古博学，善画，自成一家，代表画作有《山庄图》《五马图》等。

【赏读】

此文是为《台行小记》作的题辞，主旨却是批评明代的游记创作。明代嘉靖以后，主要有复古派、唐宋派、公安派、竟陵派等。

其中，以李梦阳、李攀龙、王世贞等人为代表的"前后七子"，他们标榜所谓的"复古"，认为"文必秦汉，诗必盛唐"；以袁宏道、袁宗道、袁中道、陶望龄等人为代表的"公安派"，他们的诗文宗宋，文学创作反对模拟剽袭，倡导性灵，主张作文应从心性中自然流出，不事雕琢；以钟惺、谭元春等人为代表的"竟陵派"，是在"公安派"之后发展起来的，他们的理论主要是对"公安派"的矫正，以期避免没有节制的创作，但又流为幽仄孤峭。张大复早年多肯定"公安派"的创作，但对

"公安派"末流,也有所批评。在这些派别里,张大复没有提及和批评的只有唐宋派。唐宋派的代表人物是归有光、茅坤等人。张大复自己的作品,娓娓而谈,亲切自然,能够看出受到乡先贤归有光的深刻影响。这一篇题辞,既是张大复的文论之作,也是他的文学思想的表达。

笑道人自序题词[①]

往与笑道人小草菰卢[②]中，未久散去，心自语，犹知道人不尽。而乃今读其所为《笑道人自序》，尽见情性，令人两腋风举，至有喜无怒，即怒亦喜。而予始爽然失也。道人岂欲圣耶？但持此念，亦安往不得避世乎？东方生[③]、阮籍[④]之徒，如水味山光，至今未定品目。吾欲以此与道人，应复掀髯一笑耳。

【注释】

①本篇题目后，原有"代参政张泰符"字样，知是为张泰符代笔之作。张泰符，即张鲁唯，字宗晓，号泰符、清凉居士等，万历四十一年（1613）进士，天启六年（1626）为河南左参政，崇祯间官至福建左布政使，致仕礼佛。

②菰卢：即菰芦，菰和芦苇，借指隐居之所。菰，一种多年水生高秆的禾草植物。

③东方生：即汉武帝时的东方朔，有才学，性诙谐，武帝视为俳优之臣。

④阮籍:"竹林七贤"之一,为人任诞,不守礼法,借以逃避魏晋之际的政治迫害。

【赏读】

谐谑谈笑,是古人雅事之一。张大复曾说:"《诗》曰:'善戏谑兮,不为虐兮。'虐者,词不雅驯之谓。太史公谈言微中,虽虐不害矣。晋人嘲谑,都以一言案之,更翻一案,则不复作。令人可思而不可究,故足述耳。活剥生吞,尽意丑诋,此何谑乎?善耶,虐耶,然有才情滚滚,联翩络绎者,不可无一,以供喷饭。"(《谑》)笑道人能笑,当亦如东方朔善谑吧。

荆溪吴圣邻近草题词

世人论画,凡山水远近向背曲折浓淡之情,皆可以意取似;至貌人物,则必观之发肤眉目位置正倚之间,而画者之意,有所不得骋,然有举体皆似而不肖者,非其神也。神来于意,意得于动,子瞻先生顾自见颊影就壁摹之,不施眉目,观者失笑,知其为子瞻①。动之至矣,意造而与神合,有格②存焉,然不可以为训,使后学小生争求之不施眉目之间,岂复有画乎?予友吴圣邻近义已在翕翕欲动间,而有意以摄之,如汤先生③所谓风波之水,云烟之月,望之有格,就之皆神,不祈取似,而观者无不失笑,故在先生瓓锤间矣。顾九畴每晤圣邻,据梧旋目,有解衣盘礴④想,然则三毫两眸⑤,以其必属之圣邻无疑耳。

【注释】

①"子瞻先生"四句:苏轼以漫画式笔法自画像,见于他的《传神记》:"吾尝于灯下顾自见颊影,使人就壁模之,

不作眉目，见者皆失笑，知其为吾也。"

②格：法度。

③汤先生：指汤显祖。

④盘礴：广大无边。引申为不拘形迹，旷放自适。

⑤三毫两眸：皆写顾恺之画技之神的事。三毫，指顾恺之为裴楷画像，在其脸上主观地加了三根毫毛，使得画中人比本人更美、更理想。两眸，《世说新语》说顾恺之画人，数年不点眼睛，人们问他为什么，他说一幅画的传神妙处，正在眼睛，故不敢轻易点睛。然其每点睛，必为一绝。

【赏读】

中国绘画讲究形神皆备，并将其作为绘画艺术追求的最高境界。正如文中东坡就壁摹影，恍惚几笔便似乎跃于墙上，着实令人拍案叫绝。

汉代，刘安就在《淮南子》中明确地反对作画"谨毛而失貌"，批评一些画"画西施之面，美而不可说（悦），规（圆眸）孟贲之目，大而不可畏，君（主宰）形者亡（无）焉"。这里的"君形者"，指所绘人物的内在神韵。这段话是说，画人物如果不能表现出人物的神韵，而徒有一个形似的躯体，是不会打动人心的。到了晋代，顾恺之更是十分明确地提出了"以形写神"这一观点，形似和神似得到了有机的统一。传说，顾恺之为裴楷画像，为突出裴楷的"隽朗有识俱"的精神特质，遂在其画像的颊上主观地加了三根毫毛，其效果立即生动了起来，观者都认为裴楷画像比其本人更加"神明殊胜"，即精气神比本人更理想、更生动。张大复笔下的吴圣邻之画作，便是形神兼备的绝佳之作。

张卿玉《媛姝杂帖》题词

予喜从卿玉游，憩归庵，拥褐相对，辄自诧形神乍远。或更长烛明，卿玉踏壁便睡，予与同人啸咏其旁，久之乃去，或问余："卿玉何比？"余曰："真素似王右丞，而崖绝块垒都不减襄阳氏①。他年就御索研，直使人主卷帘动色，应见此人。"卿玉闻知亦辗然自得也。而今读其所为《媛姝杂帖》，如片雪点青天，言表意里都非拟议所及，不乃觉麈谈②为烦耶？吴相人里张氏③何久而弥昌至于斯也？琅琊④九世有集，固是江左特异事，乃出其家子弟口语，不免伧父⑤面目。卿玉之尊，太常、清源两先生裒集⑥娄上⑦，编将匿枕中，自秘不可，仅割诗绠⑧以应求者。而卿玉诗章逼右丞，世所同许，故独匿而出此帖示人。信相里之才多端，使今世人不能名一行也。海岳衣襦语默，略以意行，固不知此意之传其神者，正复远耶？会从卿玉问之。

【注释】

①襄阳氏：指孟浩然。

②麈谈：执麈尾而清谈。亦泛指闲居谈论。

③吴相人里张氏：《古谣谚》卷二十：留侯张良七世孙张赞，字子卿，初居吴县（今属苏州）相人里，时人谚曰："相里张，多贤良。积善应，子孙昌。"此处借此称赞张卿玉有悠久家学。

④琅琊：当指琅琊王氏。琅琊郡本在北方，东晋南迁江左，但诗文仍不免"伧父面目"，此则批评王世贞倡导的诗文复古。

⑤伧父：晋南北朝时，南人讥北人粗鄙，蔑称之为"伧父"。后用以泛指粗俗、鄙贱之人。犹言"村夫"。

⑥裒（póu）集：辑集。

⑦娄上：今苏州太仓。

⑧绕：绸之细者。

【赏读】

此虽为《媛姝杂帖》题词，却是写张卿玉这个人。张卿玉是明代词人，生卒年不详，与张大复同为雪堂社成员。张大复《吾社》篇评说："读卿玉《归庵集》，可数春生次第。"明代潘游龙所辑《精选古今诗余醉》，录其《青门引·春情》一首：

水曲红波冷,几树小桃摇影。怜春情性未分明,天台人近,一线香风引。　青阳踏破芳魂醒,十二栏杆静。口脂红逗,鹦鹉窗前,难数春归恨。

词作写的是红尘女子的日常生活,旨趣近似花间风格,但靡艳胜过花间,格调自然也远不及花间。由词作或许可以窥见张卿玉这个人,大抵是留恋风尘者。所谓《媛姝杂帖》,大概是张卿玉此类作品的汇集。可惜他的作品流传下来的有限,《明词综》也只收录了这一首。

客虞小草序

余不佞,滥客文学先生之里。里大夫方讲弦歌之治①,一时人士,蒸蒸向化。余心乐之,然浪甚,弗能听也。虞之学士先生,骚人佛子,下至小夫妇女,雅能据梧而吟②,抚弦动操,泠然清圆。而余故所善二三同人,又不乏钟期③之耳,然而鄙甚弗能学也。春峦秋月,翠竹丹枫,令人应接不暇,亦时携邛杖④,听松声泉声,钟声梵声,里人笑歌管弦声,欣然竟日。缅想巫咸⑤仲雍⑥之遗烈,庶几犹有存者。而盲甚聋甚,弗能遍也。然则余之客虞山,亦窘矣。晨起啜粥二瓯,童子便煮泉相俟,属厌而止。午餐夕飧⑦后,亦惟铛声是听。舍主人既心怜余,而昌芝羊枣⑧之癖,自余数十兄弟外,亦时有之。客有从四方来者,又时时题凤⑨于主人之丙舍⑩,主人弗去矣。故余虽不能选虞之胜,心颇无恨,久之,亦不知此地之为虞也。故凡耳之所营,意之所止,时发于二三子之问艺,去而不复念矣。有顾生明卿者谓余:"子何以纪今岁游?"余无以应也。

趣儿子检敝箧，得文十八首，顾生能作小楷，存之。嗟乎！然则余之客虞山，可谓实而归矣。春饫其响，夏袭其荫，秋冬落其实、撷其英。耳无俗言，身无俗侣，坐有裯⑪簟⑫，出有舟舆，即数十纸酸薄⑬之技，且载虞人之笔以往，吾他年虽化为异物⑭，魂魄犹乐思丰沛⑮也夫。

【注释】

①弦歌之治：指礼乐教化。《论语·阳货》："子之武城，闻弦歌之声，夫子莞尔而笑曰：'割鸡焉用牛刀？'"

②据梧而吟：靠着梧几吟诵。语出《庄子·齐物论》："昭文之鼓琴也，师旷之枝策也，惠子之据梧也，三子之知几乎。"成玄英疏："据梧者，只是以梧几而据之谈说，犹隐几者也。"

③钟期：即钟子期，比喻知音者。伯牙鼓琴，意在高山流水，钟子期听而知之。子期死，伯牙谓世无知音，破琴绝弦，终身不复鼓琴。

④邛（qióng）杖：邛竹制成的手杖。邛都邛山之竹，节高而坚硬，可为杖。

⑤巫咸：又称巫戊，相传他发明了鼓。古代传说中以巫咸为名的人很多，此处或指殷中宗贤臣。《史记·殷本纪》："巫咸治王家有成，作《咸艾》，作《太戊》。"

⑥仲雍：或作虞仲。周古公亶父次子，古公欲立幼子季

历,仲雍与兄太伯遂南逃以让季历,后建立吴国。一说虞仲为春秋时虞国之始封君。

⑦午餐夕飧(sūn):即化用成语"朝饔夕飧",谓才疏力薄,除吃饭外别无所能。飧,晚饭。

⑧昌芰(jì)羊枣:当作"昌歜(chù)羊枣",据传周文王嗜昌歜,春秋曾点嗜羊枣,后用以指人所偏好之物。昌歜,菖蒲根的腌制品,传说周文王嗜昌歜,孔子慕文王而食之以取味。后以指前贤所嗜之物。芰,即菱,《康熙字典》引《楚语》"屈到嗜芰",张大复改动典故或与此有关。羊枣,君迁子之实,长椭圆形,初生色黄,熟则黑,似羊矢,俗称"羊矢枣",《孟子·尽心下》:"曾皙嗜羊枣,而曾子不忍食羊枣。"

⑨题凤:即访友。典出《世说新语·简傲》:"嵇康与吕安善,每一相思,千里命驾……安后来,值康不在。喜(康兄)出户延之,不入……题门上作'凤'字而去。喜不觉,犹以为欣,故作。'凤'字,凡鸟也。"大意谓嵇康与吕安相友,一次吕安至嵇康家,恰巧嵇康外出不在,嵇康的兄长嵇喜便邀请吕安入内,吕安在门上写一"凤"字,不入而去。"凤"字可拆解为"凡鸟"二字,是吕安对嵇康之兄的嘲讽。后遂以"题凤"表示贵客来访。

⑩丙舍:泛指正室旁的别室,或简陋的房舍。

⑪裀(yīn):通"茵",褥子,床垫。

⑫簟(diàn):竹席。

⑬酸薄：俭薄。

⑭异物：指已死的人。《史记·屈原贾生列传》："化为异物兮，又何足患！"

⑮丰沛：原指汉高祖故乡，此处指以虞为故乡。

【赏读】

此篇是张大复作客虞山时所写文章结集的序言。这十八篇文章结集，并非刊行，而只是由顾生抄写保存。此篇可与张大复客虞时写给弟弟的信对读。信中说，他"左足楚痛，渐渐过膝"，又说："曾记二十五年前，松江顾守忠语我，脚气冲心，则不可治，去此不远，奈何奈何！"正可解释"吾他年虽化为异物"一句。

剩语序

天地，剩气也。日月河山，剩影也。人鬼鸟兽，纷然错然，剩梦也。竺坟①鲁诰②，剩典也。诗赋古文举子业③，剩语也。盖得道之精，以游无穷，而其土苴④，以为不化之物则必有剩，剩与剩相寻于天地、日月河山、人鬼鸟兽、竺坟鲁诰、诗赋古文举子业之中，以至世出世间谓之不朽、谓之不灭，总之此不化之物而已矣。予年十二，而自以其意窃为文章，父师见而笑之；又十年，而以其文浮沉于世，什一⑤收之，什九弃之；又复三十年，而什五收之，什五弃之，什二怜之，什一归之。男子之义，有杀而无怜，予弗敢受，然予亦弗以收之归之者为是，而弃者非也。姑录其剩语，以俟后世，有杨子云⑥否者？剩之敝箧，剩之蠹腹，则已矣。嗟乎！予之剩语如此而已矣，顾影自笑，葫芦中有张元长，如此而已矣。

【注释】

①竺坟：佛经。

②鲁诰：儒家典籍。

③举子业：即举业。为应试科举考试而准备的学业，明清时专指八股文。八股文，明人一般又称之为制艺、时文等。

④土苴：《庄子·让王》："道之真以治身，其绪余以为国家，其土苴以治天下。"土，粪也；苴，草也。将天下同于粪草者。

⑤什一：即十分之一。什，十（多用于分数或倍数）。

⑥杨子云：即扬雄，字子云，著有《太玄》《法言》等。

【赏读】

"剩语"本指多余的话，宋代惠洪《冷斋夜话·般若了无剩语》："此老人于般若横说竖说，了无剩语，非其笔端有舌能吐此不传之妙哉。"但张大复此文所说的"剩语"，则更近于李贽的"古今至文"。李贽《童心说》："诗何必古选？文何必先秦？降而为六朝，变而为近体，又变而为传奇，变而为院本，为杂剧，为《西厢曲》，为《水浒传》，为今之举子业，皆古今至文，不可得而时势先后论也。故吾因是有感于童心者之自文也，更说甚么六经，更说甚么《语》《孟》乎！"张大复甚喜李贽《焚书》,称赞李贽:"此老胸中垒块,下笔无状,其种种可喜可愕之谈,载在他书者,且与天壤俱敝矣,乃独见短于第一奇文奇事之下,何欤?盖唯第一则不可说,所以夫子之道,游、夏不能赞一辞,此是游、夏不可及处。语称佛头上着粪,亦曰佛头上不可有着,着则是粪耳。"(《第一不可说》)

《奈何篇》小序

语有之："但见性情，不见文字。①"吾深有味其言，其如索解人不可得何。故尝采兰②江上，舟胶③沙渚④，遂弃之而走，觉马头残月，低眉笑人，亦有无可奈何之感。比至顾山⑤，披览此册，如观辋水⑥潾涟，与月下上，但知其佳，不知其变。周凉武问吾夜起状，莫须恼否，不乃大顿耶？予曰："正复佳，吾尔时亦如黄郎⑦落纸⑧停眸，相视奈何时也。"然则奈何者，如馨⑨、如阿堵⑩之喻，结于情之一往，偶然出之，其于悲喜之用何择焉？而非然也，美人顾影，嫣然自怜，那堪解语人花底相值⑪？从今奈何应作自怜，怜他下耳。

【注释】

①"但见"二句：见于皎然《诗式》。原文为"不睹文字"，文字略有差异。

②采兰：为孝亲之喻。束皙《补亡诗·南陔》："循彼南

陔，言采其兰。眷恋庭闱，心不遑安。"《文选》李善注："采兰，以自芬香也。循陔以采香草者，将以供养其父母，喻人求珍异以归。"后因以"采兰"谓供养父母之事。

③胶：搁浅。

④渚：水中小洲。

⑤顾山：今属江苏江阴，在无锡、常熟的交界处。

⑥辋水：辋谷水，即辋川，在陕西蓝田县南，王维晚年曾隐居于此。

⑦黄郎：东汉黄香称黄郎子，此处或指黄庭坚，张耒诗："黄郎萧萧日下鹤。"

⑧落纸：指文学创作或书法的落笔。江总诗："飞文绮翰采，落纸波涛流。"

⑨馨：《芦浦笔记》："予读《世说》，见晋人言多带馨字，只如今人说怎地。"

⑩阿堵：犹这、这个。余嘉锡："'阿堵'犹言'者个'也。"

⑪解语人花底相值：《开元天宝遗事》记载唐玄宗谓杨贵妃："争如我解语花！"后喻善解人意的女子。

【赏读】

人生在世，坎坷波折无可回避。张大复起初家境殷实，年少有才，想来也是踌躇满志，意欲一展抱负，然科场屡败，沉疴渐来，集束其身，平生功名心也被生活磨砺得疲惫不堪。

通观此篇,张大复并没有写得肝断愁肠,而是在默想而今过去,忽起忽落的悲欢所带来的情绪波动使得这份不可把控的无奈感弥漫其中,渐次浓烈。此去经年,功名利禄,宦海纵横之心自是风流云散,到头来终是归于一个闲云野鹤的身份。在晚明"士习甚嚣"这样一个文化背景下,张大复抱着病躯,做出一副难得的坦然姿态。他好像看透了人只是短暂地栖居于世,于万物间流连亦只是一时,故世事浮云自然不足以再令他烦恼。

人生短短数十载,不如意事十之八九,在苦痛面前,搁浅者有之,沉没者有之,直挂云帆济沧海者亦有之,好在张大复却依然是豁达的,他选择了一个更为豁达自在的生活状态,这样的达观,不得不说是命运给他的一个微妙的补偿。就像张大复在开篇写道的"但见性情,不见文字"一样,人作文,文亦如人,诚不我欺。即使无解语花知其心意,也是无碍,因为他在这份无奈中,看到了更深的自己。

邵茂齐《水云诗》序

辛亥①夏六月,予与友人沈雨若憩十五松下,抚景慨然。忆与茂齐啸咏于此。时茂齐甫病,谈言亹亹弗能止。日且尽,觉茂齐小疲,亟辞去,弗许也。既别而约,以其明日过严中翰,啸咏如昨。抵暮,则自以其疲谢客,挥手行矣。自是而后,予与茂齐不复有追随之欢云。雨若闻予言,涕淫淫下,交于颐。予亦倚树而叹。顷之,取其所为《水云诗》,披襟解带,且读且喟,不啻兰芬之袭其鼻,凉飙之拂其腋也。而是日岚色如洗,泉声如沸,相答响于几案间。

予谓雨若:"人者,必死之物。既死而人共去之矣。而茂齐能以其须縻②神骨,留之数卷之间,令人读之唯恐其尽,未尽而如不及也,夫又何憾欤?雨若又能按题而数其所赋之时,与夫所在之处,所吐之词。予亦爽然叹其了然于生死去住之间,而无所吝情若此。然则茂齐之学何学也哉?夫学者,无与于诗者也。而茂齐之诗,独能极其委曲宛转之致,如陶谢韦孟③,忧而不伤,澹而多味,即予亦不能知茂齐之所际矣。世人悲茂齐遘会④不逢,赍志以没⑤者,此又不知茂齐之粗者也。

【注释】

①辛亥:万历三十九年(1611)。

②须靡:胡须,眉毛。

③陶谢韦孟:即陶渊明、谢灵运、韦应物、孟浩然。

④遘(gòu)会:投合。

⑤赍(jī)志以没:怀抱着未遂的志愿而死去。典出江淹《恨赋》:"赍志没地,长怀不已。"

【赏读】

才子之不遇,是古代的大命题。汉代严忌"哀屈原受性忠贞,不遭明君而遇暗世,斐然作辞,叹而述之,故曰《哀时命》也"。《哀时命》开篇:"哀时命之不及古人兮,夫何予生之不遘时!往者不可扳援兮,徕者不可与期。志憾恨而不逞兮,抒中情而属诗。"王逸注"遘"即"遇也"。"不遘时",即与时不遇。李白《书怀赠南陵常赞府》:"大圣犹不遇,小儒安足悲。"或可视为豁达之观。张大复笔下的邵茂齐也属这一流人物。如同严忌所云,压抑的情感、才华,须借诗歌抒发出来。但张大复却认为，单纯地从"遘会不逢"理解邵茂齐是不够的，或者说并没有理解邵茂齐，因为邵茂齐借诗歌已经将自己的须縻、神骨留在人间，从这个角度来看邵茂齐，其显然已经超越了不遇之感叹。

邵濂，字茂齐，别字齐周，卒于万历三十九年（1611），年四十六岁。邵茂齐死后，张大复为其诗集作序。钱谦益《邵茂齐墓志铭》称赞邵茂齐："少负俊声，甫壮，为诸生祭酒。科举之文，传写海内。"又说："茂齐少意气奔放，视功名可以引手致。其与余交，既倦游矣，寒窗纸灯，顾影掷笔，抚几悲吟，意欲飏去。""茂齐之传于后者，实赖于斯文，而文之传不传，亦有命焉，不可得而知也。"

归庵社草序

诗起于情,汤先生言情不知所起①。夫使当吾不知所起之初忽焉成诗,令人读之若不能不为者,此天下之至情而古人所以必传也。今人之情何必不如古人,而尺寸取似焉,去古远矣。《诗》曰:"惟其有之,是以似之。②"古之人欤?其所不可及者,无如以有求似,而犹曰情不知所起。微乎微乎,岂赋家之心终不可得而传③欤?曹、刘、阮、陆、李、杜④之作,破碎沉冥,游衍⑤飞动,彼其兴酣笔横时,要亦不自知其为曹、刘、阮、陆、李、杜,而何似之求为?夫予天下不能诗者也,既得与归庵之会,春杯⑥入手,便向人索韵,侵寻遂久。甲子⑦秋,天空云远,木落草黄,诸人未就丹砂,不免萧瑟,遂乘兴谋为归庵社。爰至岁晏,更长烛明,未肯罢约,亦时更换。读之临景,构结不仿形迹,庶几所云以有求似焉者,然竟莫知所自起,故有向之所,惋转盼陈迹,辗然而一笑者矣。李太白有言:"昨夜秋风闻阊来,洞庭木落骚人哀。遂将三五少年辈，登高远望形神开。⑧"吾尔时已不作丹砂想，但见我三五辈形神开涤而已矣。社草刻成，为弁数言其首。嗟乎，夫予所谓因抢揄之为乐而知大鹏之逍遥者耶？

【注释】

①"汤先生"句：汤先生，即汤显祖。"情不知所起"见《牡丹亭题词》。

②惟其有之，是以似之：《诗经·裳裳者华》有"维其有之，是以似之"之句。

③"赋家之心"句：《西京杂记》卷二载司马相如之语："赋家之心，苞括宇宙，总览人物，斯乃得之于内，不可得而传也。"

④曹、刘、阮、陆、李、杜：指三曹（曹操、曹丕、曹植）、刘桢、阮籍、陆机、李白、杜甫。

⑤游衍：谓从容自如，不受拘束。

⑥春杯：指酒杯。

⑦甲子：明天启四年（1624）。

⑧"昨夜"四句：见于李白《鲁郡尧祠送窦明府薄华还西京》，"秋风"二字，原诗作"秋声"。

【赏读】

归庵为张卿玉之室名。张大复《雪堂社》记载："雪堂,王子尔瞻所居堂也。社自丙辰中秋始,再会归庵,再会梅花草堂。社凡九人,曰元长、曰文休、曰开美、曰仲从、曰尔瞻、曰端木、曰卿玉、曰汉石、曰幼疏,而顾子子贻往来其间,王子又召姚生图之倪子伯远,为写竹石琴樽成一帙,将以记岁年。"此集当为他们第二次在归庵社集的作品合集。

这篇归庵社草序,便批判了今人作诗不能"是以似之",总是在形迹模仿上强作文章,写出来的诗往往没有感情,可算是为作新诗强说愁罢了。张大复认为汤显祖的"情不知所起"这种微妙的难以捕捉的情感,正是促进诗歌生成的关键。他在这里强调的正是文学的非功利性,作诗不是为了标榜个人品质,也不是为了迎合和追赶潮流,作诗就是单纯的审美活动。它的珍贵之处在于作诗时诗人全身心地投入到语言文字营构的情境中,为其深深地触动而忘却周遭的烦忧,乃至忘却自己是谁、身在何处,全神贯注投入到精神世界的审美之中,就如同李白"兴酣落笔摇五岳,诗成笑傲凌沧洲",兴酣笔横时连自身也忘却了。张大复强调的全情投入的创作,他为时人的昏谬所不如意,然而他是幸运的,他有人可语。他有三五知己,能陪他登高望远形神开涤,能领悟到真情才是作诗的真谛,他们结为归庵社,共享大鹏之逍遥志,实为人生一大美事。

周子居诗稿序

初予游周子居,室庐洁清,气候古淡,解带披襟,令人都不欲去。予既偃蹇①善病,子居亦隐见渊跃,间常落然,无数日生计。古屋木榻,不异曩时②,念所与游,肯首见及。己未③之岁,辽奴蜩扰④,反羽⑤夜明⑥,子居读礼而叹,呼予乱步田间,慨焉有揽辔⑦之志,意思往来,时有舒写⑧。而一二骚人墨客,亦时集啸古斋中,冷醉闲吟,为子居解愠,尝泛月澄潭,稍具丝竹,众客叫呼相属。而子居所居田故污下,一望浩渺,微风生波,与月下上。顾予辄复掩袂,谓:"男子四方,宁能久游酒人,作此快心事?而言冲于口,是性非习,则奈何?"予谓子居:"凡世间抉擿⑨刻削⑩之事,无过韵语。昔人比之淫逞畋渔⑪,暴殄天物。然尝许琐尾⑫濩落⑬之人,非公等举业然。公诗故有燕许⑭大家气,诗以道志,可按而覆也。请刻行之,予为之序。"会予有伤神之感,荏苒数月,今日还自东娄⑮,梅雨如澍⑯,藏舟丛篠⑰间,翠色欲滴,小鸟戢羽⑱啾啾，意殆飞越。顾取奚囊，得子居近刻，为题数语归之。盖通人才士故不结于一途之迹，而以予所见丛筱之观，各言其志，聊用相语，为一笑也。

【注释】

①偃蹇（yǎn jiǎn）：困顿，失志。

②曩（nǎng）时：往时，以前。贾谊《过秦论》："深谋远虑，行军用兵之道，非及曩时之士也。"

③己未：明万历四十七年（1619）。

④辽奴蝟扰：指明对清用兵而败。明万历四十七年（1619）二月，杨镐四路出师，兵科给事中赵兴邦用红旗督战，师大败。随后，清兵连克开元、铁岭。蝟，亦作"猬"。

⑤反羽：亦作"反宇"，比喻中间凹四周高的头顶。

⑥夜明：祭月。典出《礼记·祭法》："夜明，祭月也。"郑玄注："夜明亦谓月坛也。"后文"子居读礼而叹"，当与此有关。

⑦揽辔（pèi）：即"揽辔澄清"，指有革新政治、安定天下的抱负。典出《后汉书·党锢传·范滂》："时冀州饥荒，盗贼群起，乃以滂为清诏使，案察之。滂登车揽辔，慨然有澄清天下之志。"

⑧舒写：亦作"舒泻"，抒发，发泄。

⑨抶擿（tī）：抉择，择取。

⑩刻削：剪裁，删节。

⑪畋（tián）渔：比喻泛览博涉。刘禹锡《刘氏集略说》："益与曹辈畋渔于书林，宵语途话，琴酒调谑，一出于文章。"

⑫琐尾：谓颠沛流离，处境艰难。典出《诗经·邶风·旄丘》："琐兮尾兮，流离之子。"朱熹《集传》："琐，细；尾，末也。流离，漂散也……言黎之君臣，流离琐尾，若此其可怜也。"

⑬濩（hù）落：原谓廓落，引申谓沦落失意。韩愈《赠族侄》诗："萧条资用尽，濩落门巷空。"

⑭燕许：唐玄宗时名臣燕国公张说、许国公苏颋的并称。两人皆以文章显世，时号"燕许大手笔"。

⑮东娄：即今江苏太仓。

⑯澍（shù）：雨水滋润。王充《论衡》："雨润万物，名曰澍。"

⑰丛篠（xiǎo）：茂密的小竹林。

⑱戢（jí）羽：敛翅止飞。

【赏读】

此篇虽为朋友诗集序言，但实际写的是晚明变局在江南文人群体中的反应。万历四十七年（1619），明军在辽东战败。《清通鉴》记载，明军败后，"明朝内外人心惶惶，民间尤甚。山海关以内，讹言四起，居民各思奔窜"。周子居的诗当为当时江南文人对战局的反应。现在无法获知周子居诗歌内容，但从张大复的序言，可知当时他们为此聚会、议论、担忧以及踌躇满志。

梅花草堂书壁

昨与世长诀,见其一心不乱,神气湛如①,始知直心爽口人,到底落得如许便宜也,不然生平未尝学问,何得便尔?生死关头,岂容偶合?因是转念身世,如风燎烛,如日沦渊,永断猛修,已迟八刻②。而指众食贫,难免交涉,绝嗜损嚣,于今应尔。已许下世长,我即步步退缩,犹恐承羞,何况仍前调度?非久相逢,作么③面目?世长首肯道好,其言在耳,可不念哉?岂不痛哉!又恐痛定念遗,亟书于此,将令中霤④四壁,共闻斯语云尔。

【注释】

①湛如:安然。

②已迟八刻:禅宗话头,指人以修佛之心修佛,已经晚了八刻钟(一个时辰)。宋释绍昙《布袋赞》:"赤脚走红尘,道是真弥勒。买弄臭皮囊,大地无人识。无人识,急急回头,已迟八刻。"

③作么：怎么，为什么。
④中霤：房屋中央。

【赏读】

张大复与其弟世长感情深厚，世长之死，其悲伤可知。他说："不似哭世长，伤魂动魄，一往而不可收也。"（《哭世长》）但此文不仅伤世长之逝，也写世长临终前之坦然不惧，张大复认为这与世长禅修有关。张大复《世长初度》："予一生善病，而神全，病亦不及胸臆。以故旋作旋止，止即忘之。凡一切时俗占验，都无关涉。世长力不及予，不免为诸恼所怖。病辄作闷喘，喘不能吐，思之殊令人骨战也。今日是其初度，云物澄和，不觉洒然。岂从今不复病之验欤？然回视往年，予所见不及尔此。何故？记之以问世长，俾有省发焉。"张大复原以为世长修道不如自己，但观世长临终时的表现，反而觉得自己仍需努力，故有此书壁之文。

清娱编叙

文者,本于天地之灵气,结于人心之妙想而成。忽然划然①,如古法书名画,振笔直遂,以追其所见,绝叫一声,纵横万状,稍稍粘滞②焉,补缀③焉,影响支离,不离毛骨,故文之于脱局难也。知其解者忧之,力为洗刷磨荡。至于倒置眉目,反易冠履,惟道理之务去,而不顾其法之所不安,则就局之难,殆有甚焉。予生不能为文,而好观自古名家之文,与其一时不得不然之变,始知法后能知无法,后知未尝有法,未尝无法。盖文章之变,于斯为盛矣。先辈有言,此道中尽可寄兴,亶其然欤④?友人王子颙贻书不类,谓吾党踪迹落落,将刻一编以当晤对,名曰清娱。于时同人数辈,咸出其文若干,互校而并传之。其法如镜花水月,宛然肖之,不可把捉。而其无法,如长天清水,茫宕无际,人物风候,市桥田舍,隐隐可见,如数眉目。予谓子颙文无定局,而忽然出于人心之所是。群而趋之,三年有成,则必有先之者矣,诸君勉之哉。

虽然，予盲人也，非惟不能文，且亦无所与于文，而犹然以皴薄⑤之语，厕于结绣缀翠悬珠之间，而言若是，毋乃阿其所好以自贤，为有识者笑耶？苏子曰："文章如金玉珠贝，自有定价，非人意之所能贵贱也。"⑥吾党聊以此自娱而已矣。

【注释】

①划然：犹豁然。开朗貌。

②粘滞：拘泥不通达。

③补缀：补充辑集。

④亶（dǎn）其然欤：信其如是。语出《诗经·小雅·常棣》："是究是图，亶其然乎？"亶，信也。

⑤皴（jùn）薄：或为"酸薄"之误。

⑥"苏子曰"四句：所引苏轼之语，可能为集录，如苏轼《答刘沔都曹书》云："以此知文章如金玉珠贝，未易鄙弃也。"又《答毛滂书》："文章如金玉，各有定价。先后进相汲引，因其言以信于世，则有之矣。至其品目高下，盖付之众口，决非一夫所能抑扬。"

【赏读】

此文开篇即称："文者，本于天地之灵气，结于人心之妙想而成。"可知，张大复受到了袁宏道性灵说的影响。明代的文风，长期为复古派所主导，其间虽有归有光、茅坤等人提倡唐宋文，但局势未有明显转变。至袁宏道奋起，批评复古派的创作："粪里嚼渣，顺口接屁，倚势欺良，如今苏州投靠家人一般。记得几个烂熟故事，便曰博识；用得几个见成字眼，亦曰骚人。计骗杜工部，囤扎李空同，一个八寸三分帽子，人人戴得。以是言诗，安在而不诗哉！"（《张幼于》）然后提倡读宋诗宋文，特别是读苏轼之诗文："如元、白、欧、苏，与李、杜、班、马，真足雁行。坡公尤不可及，宏谬谓前无作者。而学语之士，乃以诗不唐、文不汉病之，何异责南威以脂粉，而唾西施之不能效颦乎！"（《冯琢庵师》）晚明文章至此才发生大的变化，张大复自是这一变化后的追随者，而张大复之学苏轼、归有光等人，也都是在践行袁宏道"独抒性灵，不拘格套"的主张。钱谦益评价袁宏道"性灵说"："中郎之论出，王、李之云雾一扫，天下（《袁稽勋宏道》）始知疏瀹心灵，搜剔慧性，以荡涤摹拟涂泽之病"《清娱编》自可视作"疏瀹心灵，搜剔慧性"的结晶。

柬薛君淑

贱足与大地不相和，望尊居不啻千里也。秋月固佳，便有风雨败之，乃知造化之性好妒。何物不尔？士琰病甚，奈何？此兄貌寒削，腹中又带几分不时样①，其穷应尔。文休白下②诸诗，大不类年少，岂此道果能穷人耶？古史借观，不多及。

【注释】

①不时样：不入时。

②白下：古地名，在今江苏南京西北，唐初曾移金陵县于此，改名白下县。后为南京的别称。

【赏读】

此柬目的是向薛君淑借书。薛学闵，字君淑。张大复《薛君淑传》称薛君淑的父亲为薛君淑"辟华屋，罗图书，盛宾客，一时名下士，如徐寿昌、俞允文、归有极、梁辰鱼之徒，时集其家"。张大复《万绿楼》载：

"君淑既移居万绿楼,予往访之,颇得轩榥疏豁之睹。与徐幸之啸咏,移时而去。楼在乌夜村左,故里人盛度作背谷枕流,薄有野趣。"此外,文中提到的友人士琰,为夏士琰,张大复作有《亡友夏士琰传》;文休为归文休,张大复有《归文休宿草堂》诗,当是归文休见访留宿。

柬许元倩

五桃绝奇,政闷渴时,一啖几尽,而犹知其味,犹冰丸也。然其妙,恐在采摘正日至①之时,又甫辞枝,其甘鲜应尔。又不意有如许酞液,世人漫言哀梨②,徒混人耳。愿兄无忘分甘③之爱,吾事办矣。笑笑。

【注释】

①日至:夏至。

②哀梨:相传汉代秣陵(今属南京)人哀仲家所种梨,果实大而味美,时人称为"哀家梨"。

③分甘:本谓分享甘美之味,后喻慈爱、友好、关切等。

【赏读】

此篇从答谢许元倩赠桃为引,希望许元倩帮自己办完事。"分甘之爱"云云,正是作者希望许元倩以此心、此情来为自己帮忙。所以，分甘也是友道之一种。《三国志·吴书·陆瑁传》："少好学笃义。陈国陈融、陈留濮阳逸、沛郡蒋纂、广陵袁迪等，皆单贫有志，就瑁游处，瑁割少分甘，与同丰约。"讲的正是这种互相帮助的友道。至于《旧唐书·肃宗本纪》："问安靡阙，视膳无违；及同气天伦，联华棣萼，居尝共被，食必分甘。"则仍旧取分甘之原意。唐人以前诗中很少用到"分甘"一词，和凝《宫词》第三十四首："明君宵旰分甘处，便索金盘赐重臣。""分甘"之意亦是原意。宋人对此词用得最多，苏轼《棕笋》"夜叉剖瘿欲分甘，箨龙藏头敢言美"，黄庭坚《次韵答少章闻雁听鸡二首》其一"平生绝少分甘处，身要从师万事忘"，等等，或用原意，或有引申。张大复受宋人诗文熏染最深，犹喜苏、黄，于"分甘之爱"亦可窥见。

《诗颂》跋后

昔者苏子入庐山,都不欲作诗,已忽自作,其言曰:"横看成岭侧成峰,是处看山迥不同。不识庐山真面目,只因身在此山中。①"向后又不更作。嗟乎!自有宇宙而有庐山,未有若苏子之知庐山者也。初以其不可尽而已之,忽若不能已而为之,即为之,终弗与尽之。以为吾姑横侧观之,横侧言之,而兹山之峻秀郁拔络绎连亘之状,宛在目中,甚矣!苏子之知庐山也。虽然,当其扪心以为不可尽,不欲言而言,忽不知其所起,一往而妙者,此则神情之至深,②真而不容伪者也。

吾乡三老③子弟之诗颂,亦复如是。诗颂者,颂我侯④之治昆,若不欲言,若不能不言,而真无伪也。夫侯,今天下威智人也。其才无所不极,而有诚恻心,硼发⑤昆山,非族则瓠⑥,岂不亦慨然于盘错之迫束⑦,而游刃迎之?至欲遗其身世,而竟于廉不割尽,垩⑧而不伤。以故三老子弟之颂侯,皆不知其所起,而言人人殊，人人知其不可尽，而横侧观之，横侧言之者也，邈哉寥乎。即无所与于青黄⑨黼黻⑩之观若大复者，犹及闻击壤⑪之遗焉。复自废视以来，抱影蓬庐⑫，于世都无所撄⑬，惟此耳根瞥然，即所窃闻人情噂沓⑭之变，朝夕万端。自君侯莅事，而日月清朗，雨旸⑮勿愆⑯，意天时与人事，适相会集。再阅岁而萑苻⑰晏然，村咙⑱寂寂，不仁者远矣。饱后击缶⑲，于是乎书。虽然身在山中，亦犹之乎三老子弟之横侧言之也。一域之观，亦乌乎足以尽侯哉？

【注释】

①"横看"四句：此苏轼七言绝句《题西林壁》："横看成岭侧成峰，远近高低各不同。不识庐山真面目，只缘身在此山中。"张大复所引苏轼诗与通行版本略有异文。

②"忽不知其所起"三句：化用汤显祖《牡丹亭题词》中的句子"情不知所起，一往而深"。

③三老：指掌教化之官，乡、县、郡均曾先后设置。《礼记·礼运》："故宗祝在庙，三公在朝，三老在学。"

④侯：此处指知县。

⑤硎（xíng）发：即发硎。谓刀新从磨刀石上磨出来。比喻初展抱负或刚显露出才干。

⑥觚（gū）：法。

⑦迫束：束缚，不得伸展。

⑧堙（yīn）：同"埋"，堵塞。

⑨青黄：四时之乐。《汉书·礼乐志》："灵安留，吟青黄。"颜师古注："青黄，谓四时之乐也。"

⑩黼黻（fǔ fú）：此指辞藻，华美的文辞。

⑪击壤：原指尧时老人闲暇无事时的一种游戏。此处指歌颂太平盛世。出自王充《论衡·艺增》："有年五十击壤于路者，观者曰：'大哉，尧德乎！'"

⑫蘧（qú）庐：古代驿传中供人休息的房子。犹今之旅馆。

⑬撄（yīng）：扰乱。

⑭噂（zǔn）沓：议论纷纭。

⑮旸（yáng）：日出。

⑯愆（qiān）：超过，延误。

⑰萑苻（huán fú）：原为沼泽名。因芦苇丛生的水泽易藏身，故盗匪常藏匿其中以杀人越货。后称盗贼出没处或指盗贼、草寇。

⑱哤（máng）：语言杂乱。

⑲击缶（fǒu）：以缶为乐器，用以打拍子。缶，瓦盆。

【赏读】

所谓《诗颂》，是昆山士人为颂扬知县的政绩所作的诗歌，此篇跋语，主旨也是颂扬该知县。但张大复未提及知县姓名,不知何故。该文第一段大谈苏轼,这与张大复崇尚苏轼诗文、人格有关,但也有可能与知县为苏姓人物有关。天启元年(1621)昆山知县为苏寅宾,其为福建同安(今属厦门)人,在昆山时曾带领百姓消除蟹灾;崇祯年间升为兵备道,遣参将王道济安抚崖州黎乱。本篇称颂知县政绩"萑苻晏然",疑此县令即为苏寅宾,此存为一说。

题《耳受录》

临川书满人间，或云此传第一①，要非达语，然是灵气透出，犹如风月，政与天地同无极耳。此老自题《紫钗》，固案头之书，所谓不如我自知也，千秋下何必复有子云②哉？夜卧瓮城③，忽忽多不怡，辄耳受仰屋④歌之，使人出涕，淋淋渍枕上，就灯命写，无取连属，以识一时中心之好，不比太仓公⑤脔句脔章⑥，删抹灵气，为此老所呵斥，不如昆山俞四娘⑦也。丁巳⑧冬记。

【注释】

①此传第一：此指汤显祖的《牡丹亭》。

②子云：扬雄，字子云，少好学，博览群书，长于辞赋。他认为当时无人能理解他的著作，千载之下自然会有人理解。

③瓮城：大城门外的月城。曾公亮《武经总要前集·守城》："其城外瓮城，或圆或方，视地形为之。高厚与城等。"

④仰屋：卧而仰望屋梁。《梁书·南平王伟传》："恭每

从容谓人曰:'下官历观世人,多有不好欢乐,乃仰眠床上,看屋梁而著书,千秋万岁,谁传此者?'"后因以"仰屋"形容苦思冥想的样子。

⑤太仓公:指万历间内阁首辅王锡爵,苏州府太仓(今属江苏)人,他退休之后,曾让家班演《牡丹亭》。

⑥脔(luán)句脔章:此处当指王锡爵的文字油腻陈腐。脔,指小块肉。

⑦俞四娘:见本书《俞娘》篇。

⑧丁巳:明万历四十五年(1617)。

【赏读】

《耳受录》不存,从此题语看,当属于《牡丹亭》评赏类文字。此书是听歌者歌《牡丹亭》而作。张大复写下的有关《牡丹亭》歌唱的文字甚多,除却本书所选篇目外,还有"顾民服约饮孟长、王尔瞻,携两生侍酒,吹箫度曲,甚欢,未几沉醉,辞去。而李生歌益酣,惜所忆杜女还魂,传不什一。孟长云:'自有此传,遂令古今学步,不免蹒跚。'某笑曰:'言及此,已是妩媚。'"(《顾民服》)"周旋竟日,绝不及《牡丹传》。予问故,曰:'政复难,然难处最佳。'又问难处,逡巡久之,曰:'叠下数十余闲字,着一二正字,怎么度?'予笑曰:'难,难政复佳。'"(《王怡庵》)

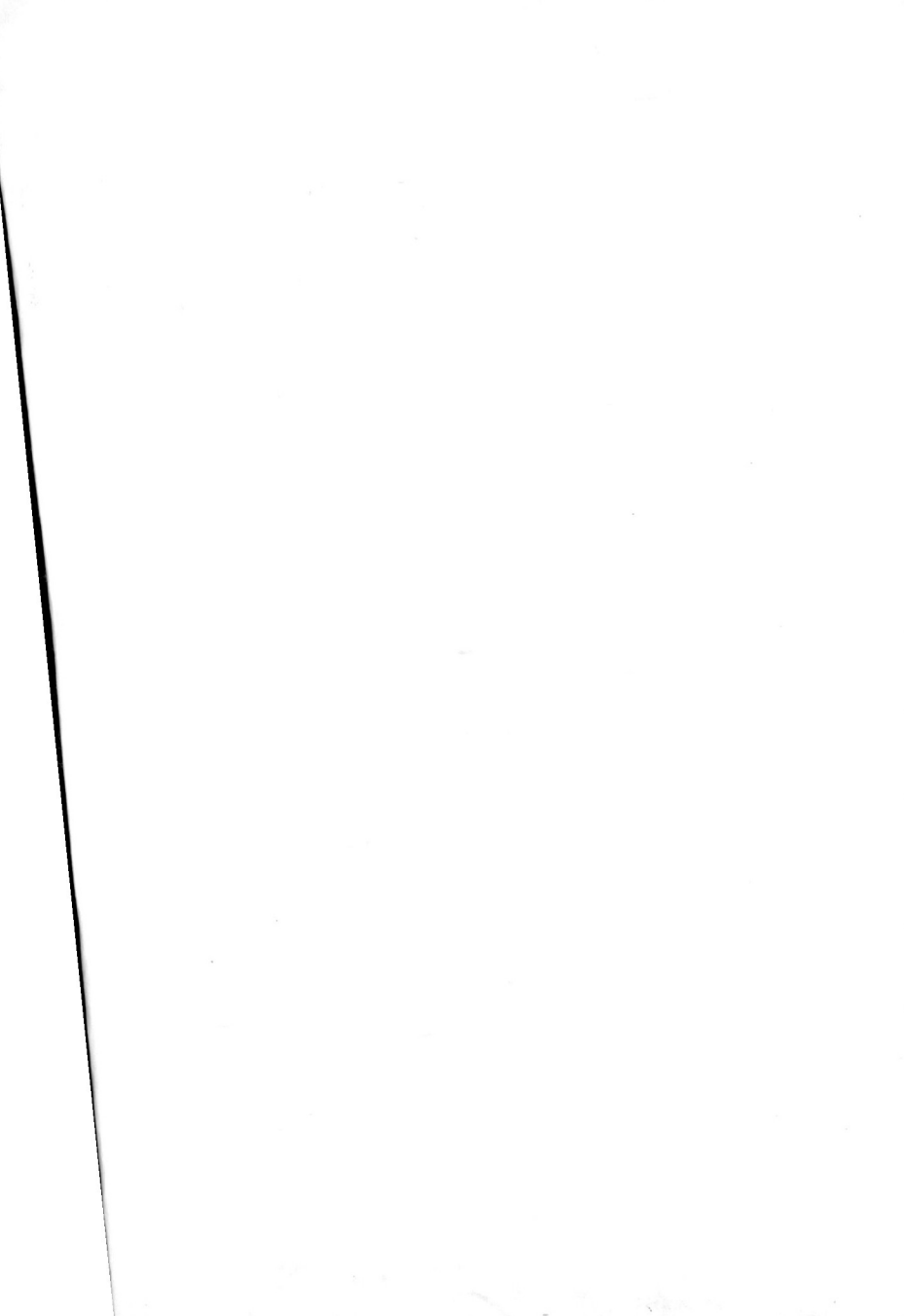